NOVOS MONSTROS

NOVOS MONSTROS

Newton Cannito

Ilustrações de Anderson Almeida

© 2009 by Fábrica de Idéias Cinemáticas (FICs)
© 2009 de texto by Newton Cannito
© 2009 das ilustrações by Anderson Almeida

PROJETO GRÁFICO
2 Estúdio Gráfico

CAPA
Alan Maia

EDIÇÃO DE TEXTO
Alexandre Boide

PREPARAÇÃO
Arlete Sousa

REVISÃO
Marcia Benjamim

IMPRESSÃO
Bartira Gráfica e Editora

Dados Internacionais de Catalogação na Publicação (CIP)
(Câmara Brasileira do Livro, SP, Brasil)

Cannito, Newton
   Novos monstros / Newton Cannito; ilustrações de Anderson Almeida. — São Paulo - SP : Geração Editorial, 2009.

   ISBN 978-85-61501-33-4

   1. Contos brasileiros I. Almeida, Anderson. II. Título.

08-09680   CDD-869.93

Índices para catálogo sistemático:

1. Contos : Literatura brasileira 869.93

FICs – CONSELHO EDITORIAL
Anderson Almeida / Eliana Sá / Gilson Schwartz / Newton Cannito / Roberto D'Avila

Todos os direitos reservados para FICs e Sá Editora.
www.ideiascinematicas.com.br

EDIÇÃO E COMERCIALIZAÇÃO:
GERAÇÃO EDITORIAL
Tel./Fax: (11) 3256-4444
atendimento@saeditora.com.br
www.saeditora.com.br

SUMÁRIO

PREFÁCIO 9
Cineasta precursor da violência estilizada e autor de grandes sucessos para o público jovem, Antonio Calmon disserta sobre a relação entre arte e vida e sobre o ominoso espectro da loucura que paira sobre o autor deste livro.

UM AMOR E UM HELICÓPTERO 12
Um helicóptero cai no mar. Playboy, modelo e piloto terão de lutar pela sobrevivência. Uma fábula moral darwinista sobre a luta das espécies econômicas tupiniquins.

A HORA É AGORA 20
(OU O DIA EM QUE SÃO PAULO PAROU)
No dia em que São Paulo sucumbe à histeria diante dos ataques do PCC, taxista e menino de rua fazem, cada um a seu modo, grandes planos para ser protagonistas em uma noite histórica.

**EU FARIA O MESMO,
E COM O MAIOR PRAZER** 26
Em situação estranha e indefinida, homem argumenta raivosamente em defesa da violência policial, do massacre do Carandiru e do extermínio de criminosos.

O DOUTOR NÃO MERECIA 38
Enquanto corre para o hospital para prestar solidariedade a um importante político adoentado, sócio laranja faz uma contundente defesa da ética oculta dos corruptos.

EU NÃO VIVO DISSO 54
Policial com mais de cem mortes nas costas é exonerado, acusado de uma pequena corrupção de trinta reais. Inconformado com tamanha injustiça, ele faz uma incisiva exposição de sua ética.

O SEGREDO: OU COMO PENSAR POSITIVO APÓS UM ACIDENTE AÉREO 62
Na noite do maior acidente da história da aviação brasileira, presidente de companhia aérea promove uma calorosa recepção para seus maiores acionistas.

ANTROPOFAGIA, FAGOCITOSE 72
Famoso ator global tem megacrise de identidade em meio à gravação ao vivo de programa de auditório e aproveita para refletir sobre a cultura brasileira de comer o outro guerreiro.

OS NÃO-MEDALHÕES 84
Desiludido por perceber que cometeu um erro ao acreditar e investir no Brasil, pai explica ao filho como a Teoria do Medalhão, do célebre conto de Machado de Assis, permanece atual nos dias de hoje.

FRACASSADO 98
Em um encontro fortuito num bar qualquer, jovens discutem em clima de sedução o que é ser fracassado no mundo atual.

O DIA EM QUE O CRUSP SE AUTOGERIU 104
Num futuro próximo, estudantes conseguem a autogestão universitária na USP e implantam um mundo de sonhos utópicos.

O AMOR HOJE 108
Vítima de forte pressão por parte do grupo de amigas, estudante conservadora hesita em ceder às investidas de agitador cultural semimongolóide.

HOTEL DO SAULO 116
Em seu pequeno negócio quase familiar, Saulo começa a se envolver com Mirta e entra em confronto com o pragmatismo de Amaro.

A TRISTE HISTÓRIA DO MENINO-GIRASSOL 130
Oprimido desde a infância, o menino-girassol desabrocha sua raiva reprimida em uma fatídica noite de Natal.

LIMPEZA 136
Milionário paulista reflete sobre a violência urbana e tenta convencer a esposa a colocar o filho numa escola de tiro.

EU CONTRA OS SEM-ALMA 144
Ao calcular o número de almas que circulam no mundo e se dar conta de que o estoque está próximo do fim, matemático sociopata conclui que a única forma de salvar a humanidade é o extermínio em massa.

O IMPÉRIO ANFÍBIO 154
Entre reflexões sobre o futuro da internet e a exaltação da supremacia do universo artificial criado pela evolução tecnológica, bilionário conta como usou psicopatas e mendigos para construir um megaimpério virtual em um futuro não muito distante.

A CURA! 168
Após descobrir que sempre foi um alienígena, homem procura uma forma de se livrar de sua condição.

CORAÇÃO DE BANDIDO: UM APÊNDICE 180
Fábula pré-adolescente. Melodrama social escrito quando o autor tinha 12 anos, ainda não conhecia os novos monstros e não tinha se tornado um deles.

PREFÁCIO

Por Antonio Calmon

Apertem os cintos! Novos monstros na área! Nestes tempos monótonos de correção política, ou melhor, de prostituição da arte à política, melhor ainda, de criação artística reduzida mais e mais a mero agitprop (para os ignorantes do passado stalinista: agitação e propaganda), Newton Cannito solta as feras, digo, monstros. Seu livro é amargo como xarope de jiló, seu universo é puro caos, sua cidade é uma monstruosidade onde reinam anarquia e degenerescência, mas real, infelizmente real! Viva a criatividade e a ousadia kamikaze desse escritor incorreto, cínico, sarcástico, cruel, mas tão talentoso! E seu livro, que não se parece com nada que eu já tenha lido antes.

A São Paulo de Cannito não comporta joguinhos de palavras, nem metafísicas, nem demonstração de teses, nem a hipocrisia correta, nem boas intenções. Ela é concreta, mas não da concretude do trocadilho, do poema desenhado, das punhetas acadêmicas – ela é concreta como um pedaço de carne pendurado no açougue, como pedaços de cérebro espalhados pelo disparo de uma arma potente, como o caminho para o inferno a que o crack leva. Em *Novos Monstros* vemos surgir finalmente a São Paulo apocalíptica sem metáforas nem compromissos, nua e – por que não? – crua.

Escritor que não se arrisca existencialmente não merece respeito. Quem não visitou os esgotos, não conheceu os delírios da loucura, não correu perigo físico está fazendo belas-artes ou "arte engajada" – em resumo, merda. Poucos têm coragem de mergulhar na maldição existencial, de arriscar a própria pele, de se expor como para-raios à fúria da tempestade que cai sobre a cidade, de pisar nas calçadas perigosas. E desses, poucos voltam. Newton Cannito conseguiu voltar com seu belo livro. Temo por ele! É um equilíbrio delicado esse, entre arte e vida.

NOVOS MONSTROS

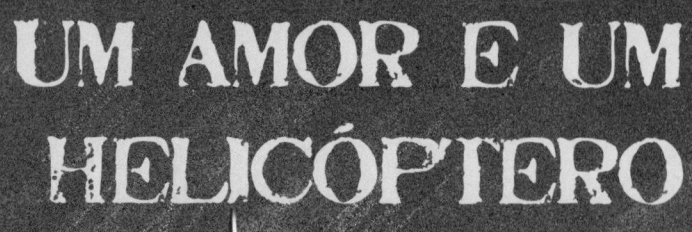

UM AMOR E UM HELICÓPTERO

—Vamos hoje para Ilhabela?

O convite a pegou de surpresa. Ela já tinha saído com o João Vitor algumas vezes, mas ele sempre sumia por longos períodos. E, sempre que aparecia, era com novidades e propostas malucas. Ela invariavelmente se surpreendia com seus impulsos. Mas adorava.

O que mais gostava nele era a potência. Para João Vitor, o mundo era muito fácil, parecia filme americano, não tinha tempo morto, não tinha burocracia, não havia nada que o impedisse de realizar seus desejos. Bastava dizer "Ilhabela" que um helicóptero surgia na sua frente, e em poucos minutos eles estariam numa bela casa à beira-mar, desfrutando um lindo jantar à luz de velas, preparado pelos simpáticos caseiros, acompanhado de um vinho de trinta anos diante da lareira e terminando, como sempre, com uma boa trepada. Aliás, uma ótima trepada! João Vitor era muito, mas muito, muito bom de cama! Carinhoso e másculo na medida certa! Só quem provou sabe dizer. É... era isso mesmo: a vida com João Vitor parecia filme americano.

No entanto, mesmo fascinada com a proposta, Julia hesitou um pouquinho:

– Mas hoje?

Ela sempre resistia um pouquinho, mas nunca recusava. Sua melhor amiga, também linda, também modelo, porém mais precavida, a desencorajava: "Esse tipo de cara não dá em nada", dizia ela com a sabedoria extraída dos conselhos da mãe, quarentona de classe média. Lindo, forte, simpático, milionário e comedor. Todas já tinham passado por ele. "Você vai ser só mais uma, vai se rebaixar."

Julia sabia disso, mas pensava diferente. "Se todas já passaram por ele, por que eu não posso? Não me acho melhor que ninguém, e também quero provar desse doce. O gostinho de ser rica, de viver com um deus grego." Foi essa a resposta que deu à amiga. E no fundo, no fundo, ainda pensava, meio romântica: "Quem sabe ele não muda? Quem sabe comigo não será diferente?"

E assim ela topou. Correu para casa, toda nervosa, e contou com a ajuda da mãe para arrumar sua malinha. A mãe, uma perua arrivista de classe média, era sua agente, empresária e entusiasta. Quase uma cafetina. Um motorista a buscou em casa e a levou até o heliporto.

Tudo ia bem, tudo lindo. Julia e João Vitor namoraram durante toda a viagem. Quando queria, ele sabia ser muito romântico.

Na chegada a Ilhabela, porém, a chuva apertou. Apertou muito, muito. Julia ficou nervosa, mas João Vitor a acalmou. Ah... João Vitor, sempre forte, sempre seguro.

No entanto, a chuva não tinha lido o roteiro de João Vitor, não sabia que Julia estava num filme americano. A tranquilidade durou pouco. O helicóptero caiu em pleno mar e afundou rapidamente.

"Meu Deus, nós caímos mesmo!", exclamou ela, sem conseguir acreditar que esse tipo de coisa pudesse acontecer com João Vitor. Iludidos por um sentimento de onipotência, demoraram a reagir e não colocaram os salva-vidas. Ser muito seguro às vezes é perigoso.

Agora estavam em meio a um mar revolto, na superfície da água gelada. Ela ainda confusa, posicionada entre João Vitor e o piloto.

Passado o susto inicial, Julia respirou mais tranquila. João Vitor estava ali, e ela se sentia segura ao lado dele. Afinal, ele era triatleta, com um puta condicionamento físico. Ia dar tudo certo.

Mas não demorou muito para ele dizer:

– Ju, desculpa, tá... Mas eu vou nadando na frente...

Ela o olhou assustada, e ele explicou:

– Vou buscar ajuda!

A sorte já fora lançada. João, no seu íntimo, não hesitou nem por um instante. Seu avô fora um empreendedor romântico, que construíra um império a partir do nada e era o tipo de homem que morreria para salvar uma mulher. Já seu pai não compartilhava dos valores do avô de João Vitor. Pegara a empresa em crise e empreendera uma baita reengenharia. Demissões mesmo, sabe como é. Mas com a tal da reengenharia seu pai havia salvado a empresa, reduzindo custos e aumentando a eficiência. Passou por algumas crises morais, é verdade, mas concluiu: "Esse negócio está na merda porque o meu velho foi muito romântico! Eu vou ser diferente! Tenho de ser pragmático!" Foi assim que renegou os valores do avô de João Vitor em prol da eficiência administrativa. E foi assim que criou o filho: como uma máquina pragmática de sobrevivência na selva do capitalismo. E também na selva da vida pessoal, mera extensão da outra.

Por isso, na hora de decidir, João Vitor não teve dúvidas. Seu avô ficaria ao lado de Julia. Seu pai hesitaria um pouco. Mas para ele não havia crise. Assim que o helicóptero foi a pique, ele avaliou friamente a situação: "A coisa não está fácil, não... A chance de me salvar aumenta se eu nadar sozinho, sem peso extra. Então vamos lá". Foi assim que ele deixou Julia no mar, como um marinheiro que despeja a carga excessiva do barco.

Ao ver João Vitor partir, Julia ficou chocada. Respondendo ao "estou indo buscar ajuda", ela perguntou, ainda gaguejando:

– Mas vai dar tempo de voltar?

Ele já estava a mais de dez braçadas de Julia, mas era um sujeito educado. Educação acima de tudo! E tinha outra vantagem: seu cérebro fora treinado para não estabelecer relações causais entre a fala e a ação. Aprendera isso com o pai, que aprimorara a técnica durante anos. João Vitor agia assim naturalmente – afinal, era uma máquina de sobrevivência. Dessa forma, sua ação era sempre pragmática, e sua fala, sempre amorosa. Por isso, apesar de já estar longe de Julia, virou-se por um instante e disse calmamente:

– Não se preocupe, meu amor, vai dar tempo, sim!

Imediatamente Julia se acalmou. Era ótimo ser chamada de meu amor por João Vitor. "E ele vai conseguir! João Vitor é forte, ele vai conseguir!"

Mas logo ela começou a se cansar de tentar nadar e passou a engolir água. O desespero voltou a tomar conta.

O piloto ainda estava lá, bem perto dela. Por alguns minutos enfrentou uma efêmera crise moral e ficou ao lado de Julia – não poderia deixá-la ali sozinha. Teve também, é verdade, certos impulsos eróticos: "Ela é linda e famosa, eu sempre tive uma tara por ela. E, convenhamos, esse acidente agora... Sei lá... É uma chance de aproximação. É quase certo, saindo daqui, eu acabo comendo". Mas esse pensamento foi logo abandonado. "Não é hora para isso. E se João partiu eu também tenho de partir. Sem romantismo. Tchau!".

Foi assim que Julia morreu sozinha no meio do mar. Devagar, mas sozinha! Nos segundos finais, já debaixo d'água, teve aqueles tradicionais flashbacks da hora da morte: viu a mãe perua, o pai sumido havia dez anos, o irmão viciado em drogas, tadinho, um inútil; o namoradinho que ela largou quando virou modelo, "bom moço ele, sabe, casou com a Paulinha, minha ex-melhor amiga. E tu sabes que ele passou em concurso do Banco do Brasil? Está com a vida certa. Meu Deus, eu devia ter ficado com ele". Seu flashback terminou com os conselhos da amiga: "Não se envolva com João Vitor". E, em seu delírio, como última imagem, viu seu milionário chegando à praia, saindo do mar, forte, másculo, a própria imagem de Netuno. "Um deus, experimentei o prazer de ter um deus grego." Com essa imagem em mente, Julia finalmente morreu.

O piloto também morreu vendo João Vitor sair do mar. Mas não era um delírio, ele de fato viu aquilo. Chegou bem perto da praia, quase conseguiu, mas, cansado e com cãimbra, acabou sucumbindo. Ao morrer, pensou: "Meu Deus, foi por pouco! Por pouco! Mas que azar eu dei. Se não tivesse perdido tempo tentando salvar aquela putinha, eu conseguiria! Que cagada, meu Deus, que cagada! Eu sempre hesito na hora H!" O piloto morreu como a maioria dos homens de classe média hoje em dia: irritado consigo mesmo por possuir resquícios de valores morais, por não ser a máquina sem valores que são os vencedores, por não conseguir ser totalmente pragmático e amoral.

No dia seguinte, os jornais noticiaram a tragédia com destaque. No entanto, ninguém questionou a atitude de João Vitor. Em parte porque seu pai era um grande anunciante, mas principalmente porque a maioria dos jornalistas considerou a atitude de João Vitor totalmente natural: "Ele não poderia fazer nada mesmo", disse um dos poucos que chegaram a pensar no assunto como uma escolha moral, não como uma imposição da natureza. Na verdade, os próprios repórteres já haviam se transformado em máquinas de sobrevivência, versões menos aperfeiçoadas da máquina João Vitor.

Apenas um entre eles enfrentou uma crise, ainda que das mais passageiras. Pensou em fazer uma matéria debatendo valores, lembrou de Titanic, da grandeza dos personagens clássicos, questionou se é realmente certo abandonar a parceira sem sequer tentar salvá-la, essas coisas... Mas logo desistiu da idéia. Na verdade, sentiu vergonha de ter pensado assim e, tal como o piloto no meio do mar, concluiu que aquilo era romantismo barato, coisa mais brega, que também ele deveria evoluir e ser como João Vitor.

    O final dessa história é feliz. João Vitor continuou sua carreira de triatleta, empresário e atleta sexual, provando que a natureza é sábia, os mais fortes sempre sobrevivem e a evolução realmente funciona.

Agosto de 2001

A HORA É AGORA

(OU O DIA EM QUE SÃO PAULO PAROU)

Eu nunca tinha visto o Pezão tão animado. Otimista por natureza, ele circula pelo centro da cidade com desenvoltura, sempre entre 10 da noite e 5 da manhã. Gosta de contar vantagem, falar do PCC, que quem mexe com ele vai morrer, que ele vai arrebentar, que com ele não tem moleza. Pezão tem 11 anos.

Pezão não é um Falcão do MV Bill e não se encaixa no modo como a elite gosta de ver os meninos do crime. Não é um bandido arrependido que quer virar palhaço de circo. Na verdade, nem bandido é. Seu sonho é ser assaltante de banco, mas ainda não teve a chance... Afinal, Pezão tem 11 anos.

Não sei onde ele dorme. Uma vez perguntei e ele me tirou: "Ih, qualé, meu, tá preocupado comigo?". Foi foda. Vacilei. Quase perdi sua amizade. Mas depois compensei. Tratei-o de novo como homem: "Ih, qualé, quero mais é que tu se foda!". Aí ele gostou. Voltamos a falar animadamente dos grandes golpes do PCC, das maravilhosas ligações com o Comando Vermelho, de que o partido tem um grande futuro, que vai mais é arrebentar!

Ao contrário dos Falcões, Pezão não é melodramático e não se julga vítima da sociedade. Vítima o caralho! Pezão é algoz! Pezão é o terror! Está no auge da vida, num momento cheio de esperanças diante da gloriosa vida criminal que um dia terá. Ele não vê a hora. Com a potência dos trágicos, Pezão quer agir!

Pezão está sempre pra cima. Mas nunca o vi tão animado quanto hoje, dia 15 de maio, às 5 da tarde. Em meio ao caos que dominava a cidade, em meio ao pânico generalizado, em meio a pessoas que queriam chegar a salvo ao refúgio do lar, Pezão andava seguro pela Praça da República. Naquela tarde ele era superior a todos, andava feliz, peito para cima, ginga de malandro. Pezão era o único homem sem medo nas ruas de São Paulo. E Pezão tem só 11 anos. Ao me ver, perdeu a pinta de homem, voltou a ser moleque e veio saltitante pedir uma grana. "Hoje eu preciso, tenho de correr para a Favela da Maré, procurar meu irmão, que é do partido." Eu já tinha ouvido falar desse irmão, Pezão só fala dele, não vê o cara há anos, mas ouve falar, diz que ele é quente, que acabou de sair da cadeia, que é profissional. Pezão quer ajudar, está pronto para o que der e vier. "E a hora é agora! A partir de hoje, playboy não vai mais ter vez." Pezão estava feliz. Muito feliz. Hoje é um grande dia. Eu dei três reais a ele. É pecado não dar docinho para criança.

No resto da cidade, a boataria rolava solta. Os playboys se comunicavam como podiam, entupindo as caixas de e-mail e gastando fortunas em ligações de telefones celulares. "Sabiam que a Faap foi atacada? Lá é alvo prioritário, ELES querem NOS pegar. Depois foi o Mackenzie. Explodiu uma bomba lá. Tem um estudante ferido! Um estudante!"

Nas ruas, o que unia as pessoas era o medo. Todos conversavam, trocavam informações e atacavam os bandidos. "A guerra começou. Pinheiros parou total. Todas as lojas fecharam. Há ônibus queimados por toda a cidade. O governo decretou toque de recolher, às 20 horas todos devem estar em casa. O Exército vai sair às ruas às 21 horas, serão quatro mil homens e eles vão caçar os bandidos! Eles vão arrebentar. Aí eu quero ver!"

"Sabe que esse caos até que é bom!? Isso tinha de acontecer um dia! Agora os lados se definem. Agora a guerra começa!"

O taxista Joaquim fala pouco e fala sério. É um quarentão gordo e forte. Conta com orgulho que serviu o Exército por oito anos. Seus cabelos grisalhos são cortados no estilo reco, à Tiro de Guerra. É um homem disciplinado. "Eu fui treinado para matar!". Acha que tem mais é que endurecer, enfrentar os bandidos.

Eu concordava com tudo. Disse que o certo era matar o tal de Marcola, isso poderia acabar com o comando do crime. Ele discordou e me surpreendeu – será que Joaquim é humanista e contra o extermínio de presos? Mas ele logo esclareceu, falando devagar e com ódio crescente: "Não tem de matar o Marcola. Tem de matar a mãe dele. E picotar o corpo todo, trazer os pedacinhos para ele ver".

Bem que eu tentei, mas dessa vez não consegui fingir concordância. Fiquei meio surpreso. Ele percebeu e gostou! Sentiu prazer em me chocar, em mostrar que ele é o mais forte. Afinal, Joaquim foi treinado para matar! Ele me explicou que em qualquer guerra sempre haverá vítimas inocentes. É uma conseqüência natural do combate.

Comentei também do Exército. Sugeri que o governo deveria armar também civis, dar licença para matar. Joaquim discordou. Não é certo dar armas a todos, o povo não está preparado. O Exército deveria dar suporte apenas aos que possuem treinamento militar. Como ele! "Chegou a minha hora!"

Nunca, nos últimos anos, a autoestima de Joaquim foi tão alta. Perguntei se ele, como todos na cidade, iria para casa após a minha corrida. Ele disse, enigmático, que pretendia trabalhar à noite. Afinal, a hora é agora. Chega dessa vida pequena de taxista, chega desse cotidiano de trânsito, chega de Faustão aos domingos, chega de filhos chatos e esposa obesa. Chegou a hora de agir, e Joaquim a enfrentava com o prazer tranquilo de Charles Bronson em *Desejo de Matar*.

A noite avança e o país se vê dividido. Enquanto os líderes políticos das duas quadrilhas – a do PCC e a dos políticos – se reúnem para chegar a um acordo que impeça a guerra civil e mantenha eternamente seus privilégios, as bases de ambos os lados se preparam para matar. Pezão, 11 anos, camisa para fora da calça, anda pelas ruas procurando contribuir em algum atentado, qualquer que seja. Já o quarentão Joaquim deixou a esposa preocupada e o jantar esfriando sobre a mesa. Circula sozinho em seu táxi, com o braço esticado no volante e um revólver no meio das pernas. Está ansioso para ter um motivo, qualquer motivo, para atacar. Afinal, ele foi treinado para matar. Ambos, Pezão e Joaquim, estão felizes. A tensão e o ódio que eles acumularam durante anos terão finalmente um lugar para escoar. A guerra vai começar! A hora é agora!

15 de maio de 2006

EU FARIA O MESMO, E COM O MAIOR PRAZER

Nunca gostei de ficar sozinho. Sempre me dá certo pânico, ligo a tevê, lavo louça, faço qualquer coisa. Mas ainda pior é ficar sozinho e amarrado. É nessas horas difíceis que a gente pensa na vida.

Eu não sei por quê, mas estou me lembrando do Esquerdinha. Aquilo é que era homem. Uma vez eu estava no bar do Alécio, tomando uma, e ele estava lá também, vivia lá, era gente boa, conversava na boa, parecia um de nós. Aí teve um grito, vinha do mato, era um bandidinho de merda, um bêbado ridículo, tinha 17 anos o merdinha e já estava fingindo que era homem, tentando estuprar a Jandira. Justo a Jandira, boa moça, professora de colégio, educada, crente. E bonitinha... Magrinha, mas bem bonitinha... Justo ela... Ao ouvir o grito, o Esquerdinha não hesitou. Largou o copo e correu como um super-herói, pulou o muro do bar já puxando o cano da cintura. Eu vi a arma saindo da calça dele, lembro como se fosse hoje, era uma arma prateada, com um imenso cano longo, linda, linda, e brilhava muito, refletia o sol daquela tarde... O Esquerdinha atirou rápido, lembro que até saiu faísca, fez um barulho bem alto, forte, seco... Certeiro.

Foi bem-feito para o bandidinho de merda... A Jandira chorou muito, parece que conhecia o garoto, ele chegou a ir à igreja... Mas quem mandou? Justiça é justiça. O cara acabou de chegar do Nordeste e já quer crescer para cima de nós? Nem morava aqui no bairro e ia querer aprontar na nossa área, em plena Vila Esperança? Sorte que tínhamos o Esquerdinha, ele era foda, dizem que matou mais de mil, eu não acredito, afinal, ele não é o super-homem, mas que matou muito, matou. E nunca matou ninguém inocente, matou sempre com motivo.

Mas agora acabou mesmo é tudo... A violência estourou total... Nem justiça existe mais... Tem até uns seguranças aqui no morro, mas não dão mais no couro. São tudo uns burocratas... Mas a culpa não é só deles. Os caras são até gente boa, preparados, fizeram curso de defesa pessoal, tem um que luta bem pacas, e todos manuseiam bem a pistola. Mas o mundo de hoje mudou muito... Se um policial mata alguém hoje, cai na maior burocracia. Vai ter de provar que atirou por último, que deu ordem de prisão e o cacete a quatro. Onde já se viu isso tudo? Eu não sei onde vive esse pessoal que faz a lei, deve viver preso no escritório. Aposto que eles nunca viram um tiroteio de perto, nem de arma devem gostar... Para fazer a lei eles devem se inspirar em filme policial americano, aqueles em que os caras apontam a arma e gritam: "Parado aí, nós somos do FBI". FBI? FBI que se foda. Eu queria ver esses americanos de terninho chegando aqui na Vila e dizendo: "Parado aí, nós somos do FBI". Ah, se chegassem... Antes de terminar o "parado aí" os caras já estariam cheios de bala, já teriam virado peneira. FBI não ia ter vez aqui, não...

Mas agora é assim, tudo mudou, é tudo um monte de burocrata... Quem não cumpre a tal da lei é preso. Não importa se matou bandido fichado, o cara vai preso. Está cheio de policial que foi preso por matar marginal armado. Mesmo o Esquerdinha, lembra como foi o fim dele? Triste paças, mais de vinte tiros, coitado, não teve tempo nem de se defender... Queriam prender ele, mas justo ele? É claro que ele não ia aceitar ser preso, mas a imprensa pressionou. O coronel tentou negociar, mas o Esquerdinha não arredava o pé... Não teve jeito. Ele, que sempre trabalhou com a polícia, acabou brigando com eles... E, como sabia de muita coisa, acabou dançando...

Vou dizer uma coisa: tudo isso que a gente vive hoje é culpa desses manés de terno e gravata que falam de direitos humanos e vivem defendendo marginal. Filhos-da-puta. O cara mata, estupra, arrebenta e ainda tem um "atendimento especial". Esses playboys pensam que estão acima de tudo, pensam que são Jesus Cristo, que podem perdoar todo mundo. Claro, não foi o filho deles que o bandido matou, não foi a mulher deles que o bandido estuprou... Os merdinhas nunca sentiram a violência na pele e ainda querem se meter na nossa vida, impor suas leis para a minha Vila. Filhos-da-puta!

Caceta, falei demais. Falei alto e incomodei. Me fodi... Tenho de ficar quieto, mas não consigo parar de pensar e me animei. Nessas horas a gente pensa em tudo... Tenho de aguentar mais um pouco em silêncio. O doutor só pediu o meu silêncio. Vou mostrar a ele que sou um cara correto, que cumpro ordens, que sei ficar quieto. Mas, quando penso nesse monte de playboyzinho que fala de direitos humanos, eu me irrito. Eles acabaram com tudo, implantaram o caos. É tudo culpa deles.

É foda... A coisa está mesmo foda. Tiraram o poder da polícia e deixaram para o povo fazer. Outro dia o pessoal lá do bairro pegou um estuprador. Foi triste ver a cena. Um monte de mãe de família batendo no cara, crianças pequenas chutando como doidas, uma barbaridade... Eu sempre fui contra o espancamento. Sei que bandido tem mais é que morrer, e se puder morrer sofrendo é até melhor, ajuda a dar o exemplo. Mas não gosto de espancamento... Não acho certo os civis fazerem o trabalho dos militares. Não é certo. Acho que o Estado tem mais é que cumprir o seu papel. Afinal, se policial não pode exterminar bandidos, quem é que pode, afinal de contas? Vai privatizar? Vai deixar na mão do povo? É triste ver dona-de-casa, tiazinha gente boa, mãe de família, trabalhadora ser transformadas em animal, ficar descabeladas, gritando, pulando em cima do bandido, socando com o que tiverem na mão, se sujando todas, com ódio no olhar. A que ponto chegamos, meu Deus? Não é legal ver minha própria mãe, justo minha mãe, que fala baixo, é crente, calminha, tem problema no joelho, mal consegue andar e até hoje me faz bolinho de chuva... é triste vê-la batendo em marginal com uma madeira com prego (ela escolheu a com prego mesmo). Parecia estar louca, estava babando de raiva, surrou o bandido como louca, doida varrida mesmo, de hospício. Justo a minha mãe... E saiu de lá toda suja de barro e do sangue impuro de um bandido aidético. Ela não merecia isso, é horrível vê-la assim. É o fim dos tempos, o retorno à barbárie... E é tudo culpa da ausência de justiça implantada pelos playboys de terno que querem impor suas leis que não funcionam. Bandido de que ser morto, eles têm de entender isso. E tem de ser morto de forma limpa, por pessoas qualificadas, funcionários públicos concursados, membros da Polícia Militar, sem obrigar as mães de família a se misturar com esse lixo todo.

É foda... A coisa está mesmo foda... Tiraram o poder da polícia e deixaram para o povo fazer...

Tá certo... Admito que às vezes a polícia comete uns excessos. Não precisava, por exemplo, fazer o massacre do Carandiru. Cento e onze mortos é foda. Sei, está certo, para quem invadiu a cadeia deve ter sido massa, foi doido de tudo, uma loucura... Tenho um amigo que participou, entrou de metralhadora manual, diz que matou três com certeza, mas pode ter matado até mais. É que esses três ele olhou no olho antes de atirar e chutou o corpo depois. Ele conta até hoje a experiência, todo mundo ouve na maior atenção, ele diz que foi foda, perigoso mesmo, um monte de preto fedido e suado gritando feito louco. Tinha até uns pretos com seringa de aids na mão, ameaçando. Porra, meu, eu morro de medo de pegar AIDS, ainda mais AIDS de presidiário, que deve ser pior que aids de veado. Deve ter sido duro, mas uma puta experiência, lembra o Rambo entrando na selva para lutar com os vietcongues aidéticos. E meu amigo conta bem pacas, sabe? Todo mundo fica com inveja da história dele... Meu, esse cara viveu algo realmente grande. Esse cara viveu. Já tem o que contar para os netos...

É... O massacre até que foi legal. Mas não está certo. Sabe como é, né? Chamou muito a atenção da imprensa... Foi um grave erro tático. No fim, o resultado foi péssimo: acabou fortalecendo os engravatados de terno, os playboyzinhos de merda que "defendem" os direitos humanos para marginais que não são humanos. Apareceu até um filme babaca, feito por um argentino (tinha que ser), que fica o tempo todo justificando os marginais, mostrando os motivos deles... Mas, porra! Motivo para fazer a merda todo mundo tem... Se não tivesse motivo, não fazia. Eu quero mais é que bandido engula os motivos dele ou que, na hora do Juízo Final, conte seus motivos para Deus Pai Todo-Poderoso. Quem sabe Deus perdoa? Mas isso é com Deus. Eu não tenho nada a ver com isso, eu não sou Deus, nem sequer Jesus eu sou, e não estou a fim de virar a outra face. Quero mais é que o bandido e seus motivos se explodam.

Mas os playboys dos direitos humanos pensam que são melhores que nós, dizem que somos ignorantes e bárbaros, enquanto eles são compreensivos e solidários. Esses merdinhas engravatados pensam que são DEUS. Falam devagar, com calma, em várias línguas, e acham que podem perdoar a tudo e a todos. Acham que compreendem os bandidos. Compreendem o cacete! Eles só vêem os marginais numa única situação: no dia em que estão presos, depois de ser torturados pela polícia, chorando com medo de morrer, totalmente na merda. Nessa hora o bandido está calminho, bonzinho, humano. Frágil, triste. E se tem uma coisa que engravatado gosta é de ver pobre triste. Isso corta o coração dele. O engravatado também se emociona, chora junto com o marginal, acaricia seu cabelo como uma mãe que faz o cafuné no filho. E é nessa hora que o engravatado pensa entender o bandido... Mas nessa hora até eu entendo. Na hora da morte somos todos iguais. Quero ver o playboy compreender o bandido em seu melhor momento, no dia em que ele está armado e cheirado de pó, gritando como doido enquanto estupra a filhinha adolescente do engravatado. Aí eu quero ver... Playboy de merda, pensa que é melhor que os outros, quer julgar os outros, se acha no direito de perdoar o cara que matou o filho do outro...

Pirei de novo... Me deu raiva dos playboys engravatados, pirei de novo. É que a dor está aumentando. As cordas estão doendo pacas, eles amarraram muito apertado. Também bateram muito na minha perna, já até parei de sentir, está dura como pedra, tenho medo de piorar e ter de amputar... Melhor me concentrar, melhor respirar. Ficar em silêncio, aguardar a volta deles, quem sabe da próxima vez tudo termina.

Onde eu estava mesmo? Ah, eu dizia que eles aproveitaram o massacre do Carandiru para ferrar com a polícia. Consequência: depois do massacre, pioraram muito as condições de trabalho dos policiais. Na prática não compensou. Por isso é que eu sempre digo: o certo é evitar massacres. Para evitar o escândalo, o ideal é matar um bandido de cada vez, no máximo matar em dupla, de dois em dois, na miúda, na maciota, sem escândalo. Se cada policial que entrou no Carandiru matasse um ou dois bandidos por dia, chegaríamos a cento e onze em poucos dias... E não teria escândalo nenhum. Já foi a época das grandes aventuras, isso é coisa de cinema. Na vida real é diferente. É de grão em grão que a galinha enche o papo.

É claro que de vez em quando a polícia também erra. Errar é humano, afinal de contas. Outro dia mataram o Juninho, o filho da dona Julia. Estava no bar comprando ovo para a mãe quando começou uma batida. Até aí normal, tem batida direto aqui na área. Mas o Juninho era meio estranho. Era um moço meio assustado, parecia cachorro vira-lata que apanhou na infância. Foi só ver um monte de policial armado entrando no bar que ele se desesperou, ficou com medo e correu como um doido. Foi metralhado sem dó. Eu estava na rua e cheguei logo depois, com o sangue fresco ainda jorrando do corpo. Foi foda. O Juninho era magrinho pacas, sabe? Alto e magro. Com 12 anos já tinha um metro e setenta, jogava vôlei no time da escola, dizem que tinha futuro o garoto. Me deu dó. Os tiros pegaram bem na barriga, quebraram até a espinha, o corpo dele quase partiu no meio, ficou com as tripas todas para fora... Morreu na hora.

Mas também não dá para culpar a polícia. Os caras não queriam matar o garoto... É que, quando ele correu, os policiais se assustaram, pensaram que fosse marginal. Acontece. Foi uma fatalidade. Em qualquer guerra, sempre tem algumas vítimas civis. Os americanos até tentaram evitar, fizeram umas armas que pareciam videogames e diziam que elas só atingiam alvos militares.

Balela... Numa guerra, em qualquer guerra, sempre morrem alguns civis. Se até gringo, com alta tecnologia, mata inocentes, no Brasil não podia ser diferente. É tipo um dano colateral. Indesejável, mas aceitável. Uma consequência do combate. O importante é que o saldo entre mortos de um lado e de outro seja positivo para o nosso lado. E isso ninguém pode negar: a polícia até hoje ainda mata mais bandidos do que pessoas de bem. Isso que é importante. Mostra que eles vêm fazendo um bom trabalho.

Eu, por exemplo, é claro que tenho certa culpa por estar aqui. Não culpa de verdade, porque nunca fui criminoso. Mas morar na periferia é foda, você se mistura. Ainda mais eu que, por causa do problema da perna, quase não podia sair de lá. Acaba contaminando, não tem jeito. Não adianta falar, lá no bairro hoje é tudo bandido. Esse papo de que tem muita gente trabalhadora morando em favela e periferia é relativo. Para mim, aqui na favela só tem três tipos de gente: os bandidos, os crentes e os que trabalham para os bandidos, os semibandidos. Só os crentes não se misturam, e olhe lá. Tem crente que nem é tão crente assim. Até minha mãe, que é crente até a alma, sai toda noite para entregar quentinha em boca-de-fumo. É tudo um balaio só. A população colabora com os bandidos, tal como a população do Vietnã ajudava os vietcongues aidéticos, assim como a população das áreas rurais da Colômbia ajuda os guerrilheiros de merda, tal como a população de Chiapas ajuda o tal do subcomandante Marcos. Tinha de ser sub, né? Nem comandante os caras têm... Não tem jeito. A população não é inocente, é parte da guerra! Isso eu sei, sempre soube...

Mas justo eu! Justo comigo? Sempre tomei cuidado, não sou crente porque não consigo, mas nunca me misturei com marginal. Desde criança, desde o dia em que apanhei daquele traficante de merda, desde aquele dia tenho ódio dos bandidos do bairro, desde aquele dia eu quero ser polícia, desde aquele dia eu sonho em entrar fardado no morro e matar aqueles merdas! Porra, justo eu? Eu não tenho culpa de o carro ser roubado, o pior é que comprei de um cara lá do Tatuapé, bem longe da Vila. Como ia adivinhar que era roubado? Eu só levei o carro na oficina para arrumar o freio, não sabia que era desmanche. Porra, eu não tenho culpa de morar na quebrada.

Mas não gosto de acreditar em azar. É destino mesmo. É o caminho natural para um cara como eu, que nunca conseguiu sair daqui, não conseguiu progredir na vida. Bem que eu tentei ser policial, mas essa bosta de perna me impediu. Falaram que eu era deficiente! O pior é que eu ando meio torto, acho que sou mesmo. Emprego decente nem pensar. Quem nasceu fodido vive na guerra. Ou vira polícia ou bandido. Estou aqui, pagando o preço por não ter conseguido sair de perto dos marginais. Estou pagando por ter ficado do lado deles. Porra, se até minha mãe trabalha para eles...

Já estou sozinho aqui há um bom tempo. Mas agora acho que a tortura finalmente vai recomeçar. Não deve durar muito. Apanhei muito na primeira vez, mas foi por minha culpa. Fiquei dando uma de bonzinho, não quis confessar os crimes que não cometi... Isso deixou os caras putos. Era como se eu estivesse acusando a polícia de ter prendido alguém inocente. Longe de mim, eu até entendo, não estou acusando ninguém de nada. Eles não têm culpa de eu ser inocente. Mas acharam que eu estava desafiando, queriam que eu confessasse ser bandido, mas eu não confessava, tinha o desejo de estar do lado deles. "Estou do lado de vocês", eu dizia. Quanto mais eu resistia, mais eles ficavam com ódio, mais me espancavam. Me bateram muito, só pararam por medo de que eu morresse. Mas agora voltaram. E agora não tem erro, eu já entendi a lógica, já aceitei o meu destino: vou confessar um monte de crime de cara e acabar logo com isso.

Terminou a ambiguidade. O mundo escolheu o meu lado. Na verdade, isso é coisa de destino, e eu sempre estive do lado da merda. Agora vou puxar cadeia e me misturar ainda mais com eles. Vou ser enrabado, virar aidético. Vou ser marcado para toda a vida, nunca mais vou conseguir emprego e ficar do lado certo. Agora a coisa se definiu: estou para sempre do lado dos marginais. Mas não é por isso que eu não vou apoiar a polícia. Se dependesse de mim, eu estaria agora entrando por essa porta, vestindo essa farda, com esse imenso cassetete na mão, sorrindo ameaçadoramente, cumprindo o meu dever com satisfação, torturando um marginal de merda para que ele confessasse os crimes que não cometeu. Se eu pudesse, faria o mesmo que eles estão fazendo comigo agora. E com o maior prazer.

Junho de 2005

O DOUTOR NAO MERECIA

A dor era muito aguda, e do lado esquerdo do peito. Devia ser ataque. Morrer aqui não. O doutor não pode morrer aqui. Não neste lugar, cercado por desconhecidos, criminosos. Depois de tudo que fez, tudo que viveu, seria ridículo o doutor morrer aqui.

O negro africano que ameaçava o filho do doutor parou de gritar. Ficou com dó do velho. O doutor era assim: sabia despertar a simpatia do povão. Todo mundo sentia que ele era gente boa, um homem correto. O filho é que era um bosta, um garoto mimado. Foi tudo culpa dele.

Eu me lembro de como conheci o doutor. Eu, um simples taxista, que ficava o dia todo na labuta, calhei de ser motorista dele na eleição. Foi uma aventura. Uma loucura. O doutor andava a cidade toda, nunca vi um homem com a energia que ele tinha. E o sexo, então? O doutor era uma máquina! Era uma mulher atrás da outra. Três, quatro, às vezes cinco no mesmo dia. Sempre no banco de trás do carro, rapidinho, coisa de dez minutos. Ele saía outro homem. E comia de tudo: gorda, magra, linda, horrível, branca, preta, sem nenhum tipo de preconceito. Era um homem cheio de amor para dar. Nós usávamos um carro com vidro fumê e eu ficava andando ao redor do veículo, impedindo as pessoas de se aproximarem. Algumas vezes a mulher gritava muito, fazia um puta barulhão, chamava atenção. Aí eu pegava o carro e ia dar uma volta, com eles atrás, gemendo, trepando, rindo. Era engraçadíssimo. Foi assim que eu fiquei brother do doutor.

Grande doutor... Poucas vezes vi um homem que ama tanto o povo brasileiro. Às vezes eu sinto que ele é quase um de nós. Um exemplo: ele nunca comentou o fato de eu ser um homem de cor. Nunca. Sempre me tratou como um igual. Tudo que é chefe branco que eu tive em algum momento me jogou na cara que eu era preto. O pior é que magoa! Eu nunca quis ser preto, é duro ouvir isso na cara, bem na hora em que você está tranquilo, se sentindo um igual. Mas com o doutor era diferente. Ele nem parecia reparar nisso. Só uma vez, uma única vez, eu o vi xingando a negrada. Foi quando aquele merda daquele assessor que ele indicou para ser mandachuva traiu o doutor. Aí o doutor lembrou que o cara era preto. Mas aí foi normal, até eu lembrei. O cara era mesmo um negrão de merda!

Um dia o doutor me chamou até a casa dele. Me contou sobre seus sonhos, que queria chegar à presidência e tirar o Brasil do marasmo, botar o país para funcionar. Disse que eu sou um exemplo do verdadeiro Brasil, o Brasil de quem trabalha. Fiquei orgulhoso. Senti que estava em casa, entre os meus. Depois ele me convidou a entrar no jogo. Eu ia ser sócio de uma gráfica que ia imprimir o material da campanha. Já estava tudo certo, contrato social já prontinho. Eu assinei sem ler. O doutor me abraçou e disse que a partir daquele momento eu era parte da família. Fiquei emocionado. O doutor se animou e abriu um champanhe. O sócio principal da gráfica era um amigo antigo do doutor, lá da faculdade de engenharia. Mas ele tinha de botar o nome e tocar o dia-a-dia, porque o outro sócio era milionário e estava cheio de empresas para cuidar. Tem gente que diz que eu fui louco de assinar o contrato sem nem ao menos dar uma lida. Fui nada. Eu apenas senti. Senti que o doutor era sincero comigo. E eu estava certo, nunca me arrependi. Em todos esses anos com o doutor nunca li o que assino e nunca fui traído por ele. O doutor sempre foi honesto comigo. Acertou minha vida, tudo que tenho, minha casa, minha esposa, meu filho, minha família, tudo, tudo. Tudo que tenho devo ao doutor.

E eu senti isso naquele momento. Percebi que, naquele dia, na casa dele, o doutor não estava me chamando para ser laranja de uma empresa. Isso era só a aparência. Na verdade, o doutor me convidava para ser amigo dele. Aquele convite comercial era um pedido formal de amizade.

É que o doutor é assim mesmo: para ele, tudo é trabalho. Amor, amizade, tudo é trabalho para o doutor. Tudo quanto é amigo dele vira sócio, bastam uns dias de amizade que o doutor já propõe um negócio. Amizade para o doutor é isso: sociedade. E a verdadeira amizade é a sociedade ilícita. Pois é na ilícita que a amizade fica forte mesmo. Vira cumplicidade! Para a justiça, cumplicidade é sempre um termo negativo. Mas tem o outro lado. A cumplicidade é a essência da verdadeira amizade, é ela que une os homens, é ela que coloca dois seres humanos em conluio contra o resto do mundo. Nada é mais íntimo que a corrupção a dois. E naquele dia eu passei a ser cúmplice do doutor. Fazia sacanagem junto com ele. E ele nunca me traiu.

Lembro isso tudo com tristeza. O doutor não merecia estar ali, jogado naquela cadeia, saindo às pressas, numa ambulância, sem ninguém que ele ama por perto, sem a mulher, fiel companheira de mais de cinquenta anos, sem os amigos-sócios, sem ninguém. Eu mesmo não consegui chegar a tempo, recebi o telefonema do Arrigo, o agente penitenciário, bom novo-amigo, recebi o telefonema dele, mas não consegui chegar a tempo.

O enfermeiro até que estava sendo educado com o doutor, tentava acalmá-lo, botou-o na maca, deu um terço para ele rezar. O doutor era assim mesmo, muito religioso. O mesmo enfermeiro que, dias antes, quem sabe, até tenha rido alto no meio do jantar, ao ver o espetáculo televisivo da prisão do doutor transmitido com destaque no telejornal noturno. O mesmo enfermeiro que, além de rir, talvez tenha dito para toda a família, inclusive para o filho – sim, o filho –, ouvir: "Bem-feito! Ladrão tem mais é que ser preso". O mesmo enfermeiro que pode ter sentido um prazer sádico com a ruína do doutor agora se mostrava atencioso e solícito com o moribundo. É... nessas horas somos todos humanos.

Não é fácil a situação do doutor. E ele não merecia isso...

Tem gente que pensa que é fácil ser corrupto. Mas não é. Se fosse fácil, todos seriam. Um amigo meu me disse outro dia: "Você deu é sorte de estar no esquema". Fiquei puto. Não foi sorte. Não existe sorte na vida. Se existe, eu nunca vi. Um pai-de-santo me explicou: "O que existe não é sorte, é confluência cósmica". Eu não fui chamado por sorte. Tive confluência cósmica com o doutor. Na prática, fui chamado porque já tinha provado minha honestidade com ele. Sim, honestidade. Eu sempre fui um cara muito honesto.

NOVOS MONSTROS

Mesmo como motorista de táxi sempre fui um cara honesto. Sacaneava um pouco os clientes, é claro, mas só quando eu não os conhecia e só na primeira corrida. Mas bastava o cliente virar fixo que eu virava honesto com ele. Eu sou assim, ético com a minha turma, com a minha tribo. O doutor percebeu isso e também foi honesto comigo. O meu encontro com ele, ou a oportunidade que me abriu na vida, não foi sorte, foi confluência cósmica. A espiritualidade, o jeito de agir, isso que contou para eu ganhar a confiança da turma e ser chamado para o esquema. Por isso que tenho orgulho de estar onde estou. Eu mereci.

Pouca gente diz, mas ninguém é mais honesto que um político corrupto. São milhões e milhões que passam de mão em mão, em dinheiro vivo, circulando em maletas e cuecas espalhadas pelo país afora. Tudo sem contrato, sem nota, só no gogó, no fio do bigode.

Tem gente que pensa que corrupto é tudo malandro, que segue a lei de Gerson, a tal lei do "levar vantagem em tudo". Nada mais equivocado. Corrupto não é malandrinho-padrão. E se tem uma coisa que o doutor odeia é malandrinho metido a Zé Carioca. São homens sem caráter, ele me explicou.

Eu nunca vi um corrupto roubar alguém. Nem os intermediários. Quantas vezes eu não saí com malas de dinheiro do doutor... Eu nem abria, nem olhava, ia direto entregar em mãos. Eu sabia o meu lugar. E era recompensado por isso.

O doutor é outro exemplo. A vida toda foi honesto com os seus. Roubou, mas só dos outros. Mas dos outros todo mundo rouba... E nunca roubou de alguém específico. Isso não. O doutor nunca viu o rosto de alguém que ele roubou. Não era um ladrãozinho qualquer. Era humano. Roubava no geral, não no particular. Na verdade, o que o doutor fazia não era roubo. Era desvio. E era necessário... Era parte do trabalho dele. Afinal, sem isso o doutor não conseguiria se manter no jogo.

E, afinal de contas, quem não desviava? Todos, simplesmente todos desviavam. Até os paladinos da ética assaltaram o Estado, você não viu a tal CPI do Mensalão? O doutor não podia ser diferente. Por que raios o doutor ia ser diferente?

É... o doutor não merecia estar sofrendo assim. É triste pacas vê-lo assim. Hoje eu entendo que o doutor é, antes de tudo, um trágico. Não tinha por que ter se metido nesse jogo. Com o talento político que ele tinha, bastava ter se voltado para administrar as empresas da família. Com as benesses do Estado, desviaria milhões do BNDES direto para suas empresas. O BNDES. O doutor chamava o BNDES de Banco Nacional de Dinheiro para as Elites da Situação. O doutor era ótimo. Engraçadíssimo. E o melhor é que esse tipo de desvio tem outro nome por aqui: não é roubo, é financiamento. Financiamento, no caso, é um empréstimo que você nunca precisa pagar. Dizem que é empréstimo porque supostamente você vai pagar dali a vinte anos, mas aí o dinheiro não vale mais nada, já mudou o governo, já mudaram as regras. Portanto, é desvio. Igual aos desvios que o doutor fazia. Desvio para mim é desvio e ponto final! Mas no vocabulário do brasileiro quem desvia para campanha é corrupto e ladrão, mas quem desvia para a empresa é empreendedor.

O doutor sabia disso, seu pai lhe explicou desde criança: "Política é um ramo que deixa o pobre rico e o rico pobre". O doutor, rico de nascença, não precisava entrar na política. Mas quis arriscar. Contrariou a família e se aventurou na vida pública. Era porque gostava da coisa. O sonho do doutor sempre foi ser presidente. Mas agora estava tudo despencando... É... O erro foi esse... O ego... Muito ego...

É que o doutor sempre gostou das luzes. Isso eu admito que é um defeito dele. O erro do doutor foi querer ser famoso. A política, eu já li em algum lugar, é o star system de gente feia. E convenhamos... bonito o doutor nunca foi...

Mas mesmo feio ele sempre tinha voto. Já tinha desistido de ser presidente, mas ainda queria ser governador. No mínimo prefeito. Cargo executivo. Gostava mesmo era de executar. Gostava de assinar o cheque. "Quem manda é quem assina o cheque! Nada de senador, coisa de gente inútil, longe de mim virar senador da elite paulista, velhinho semicaduco que pensa que faz investigação criminal. E já pensou ter de fazer emenda do orçamento? Quem faz emenda é costureira. Eu quero é ter o orçamento na mão. Ou o Executivo ou nada!", pensava o doutor.

Foi assim que ele virou estrela da política, ator de dramas reais. Já no começo da televisão o doutor estava lá, um precursor dos star systems instantâneos criados pelo *Big Brother*. Na sua vida não teve Oscar nem Troféu Imprensa. Mas merecia. Ele sempre ocupou o horário nobre, foi personagem constante da novela que está há quarenta anos em cartaz, aquela que passa entre a das 7 e a das 9, aquela que o William Bonner aparece sempre narrando. Nisso eu sou igual ao doutor: o *Jornal Nacional* sempre foi minha novela preferida. O doutor gostava tanto que quis se tornar personagem da novela, quis misturar sua vida com seu papel e mostrar seu drama ao mundo. Quis entrar no *Big Brother* do *Jornal Nacional*, um *Big Brother* que já dura cinquenta anos, um reality show vitalício de que ele não pode mais sair e em que o Pedro Bial, que nunca aparece, está inventando provas cada vez mais difíceis...

Mas, mesmo com a sucessão de provas criadas para incriminá-lo, o doutor sempre se saía bem. Continuou amado pelo povo. Não por todos. Mas ele nunca quis ser amado por todos. Nunca quis ser o Supla, preferia ser o Alexandre Frota. Toda unanimidade é burra, dizia o doutor. E se tem uma coisa que o doutor odeia é gente burra. É o ego... A vontade de aparecer. Se o doutor está aqui agora, nesta ambulância que corre para o hospital, é por causa desse maldito ego.

Não, não foi isso. A culpa não foi do doutor. Ele podia ter sido um Covas, um homem que saiu do reality show com boa imagem, parecendo ser um cidadão honrado.

A culpa, na verdade, foi do filho. O filho do doutor. A história do doutor é um melodrama, a sua tragédia é um drama familiar. O doutor nunca quis botar a família nos negócios. Nos negócios políticos, bem entendido. Para a família, bastava a empresa. No máximo usar o nome de um deles para umas contas na Suíça. Mas isso daria para justificar mais tarde. A família tinha de ser legal, ter futuro, ser respeitada... E política é jogo sujo. É para poucos, tem de amar o que faz. Não era o caso do Paulinho.

O doutor sempre trabalhou. Desde os 15. Mesmo rico, trabalhou desde jovem. Já Paulinho era playboy. Era fraco como uma moça. Tossia com o pó do colchão, nem a comida da cadeia aguentava. Tinha úlcera, típica doença de veado. E ainda comprava briga... Onde já se viu enfrentar traficante africano? Está certo que o preto era folgado. Mas lá era a área dele! Não podia querer enfrentar. Já o doutor sabia lidar... Soube de cara ganhar o respeito do pessoal. Mas o filho...

Foi por causa do filho que o doutor foi preso. Não era para o filho ter entrado no negócio. Estava tudo certo: contador de confiança, lavagem de dinheiro oficial. Banqueiros judeus, elite internacional. "Com sócio assim ninguém me pega..." Mas o filho não achava isso. Quis tomar conta da grana. "Era grana da família", dizia ele, "no futuro será minha, portanto desde já é minha", esse papo comum de novela das 8 meia-boca. O filho achava muito alta a taxa de vinte por cento. "Vinte por cento de milhões é muita grana. E nós não precisamos desses judeus." O doutor, apesar de ser árabe, sempre trabalhou com os judeus. Mas o filho era da balada. E foi numa putaria em Cancun que ele ficou amigo de um doleiro ótimo, que faria o mesmo serviço cobrando apenas cinco por cento.

O doutor não opinou. Ele nunca pensou muito nessa parte da lavagem, deixava isso com Salim, amigo antigo, de confiança. O negócio do doutor era viabilizar os negócios, legalizar não era com ele. Mas o filho quis meter a mão.

Pena que o Salim morreu... Tem gente que diz que foi assassinato, mas o doutor não acreditava que o filho fosse capaz. E não era mesmo. Isso era intriga da oposição. O fato é que foi após a morte do Salim que o Paulinho entrou. Virou o reizinho da grana, ele e o amigo doleiro. Doleiro, ora, veja só... Um homem como o doutor se meter com doleiro? Doleiro, todos sabem, é banqueiro de traficante, é quem lava a grana para bandido pobre. Bandido rico usa é banqueiro mesmo. Esses com agência de mármore branco no meio da Paulista. Mas o filho do doutor era ambicioso e não respeitava o poder estabelecido. Deu no que deu.

Mas nem tudo foi culpa do filho do doutor... Não, não foi. Ele não teve culpa de os banqueiros suíços entregarem o pai. Isso não! O mundo de hoje está muito louco. Deve ser o tal "contexto internacional". Os americanos inventaram de combater o tráfico, sei lá por que decidiram isso... Deve ser geopolítica para conter o crescimento da América Latina, eu acho. O fato é que começaram a exigir o fim do sigilo bancário. Óbvio que de forma seletiva, não dá para terminar de vez, ou acaba com tudo, até com políticos americanos. Mas houve pressões para o fim da confidencialidade e os suíços começaram a entregar alguns. Foi aí que o doutor caiu.

O que eu não entendo é por que os banqueiros elegeram o doutor. Justo ele, um bom cliente, de mais de trinta anos? Deve ter sido incômodo. É incômodo, sim. Onde já se viu um doleiro do centro de São Paulo, lá da boca-do-lixo, ir representar o doutor na Suíça? Dizem que o Mister Ranciere, gerente do banco há mais de vinte anos, não gostou do tom do tal doleiro... Afinal, nem inglês ele falava direito. Francês, então, nem pensar. E falava muito rápido, meio alto, tinha até um tique nervoso... Além disso, vivia reclamando de tudo e se achava muito esperto. Tudo isso foi cansando os suíços. O doutor também não era dos mais educados, mas pelo menos sabia fingir. Agora, o tal doleiro, não dava, né? Foi assim que decidiram entregar o doutor.

Mas até aí o doutor controlava. Não bastava banqueiro suíço entregar documentos reais que comprovassem lavagem de dinheiro para um homem como o doutor ser preso. Precisa muito mais que isso. O doutor, que não é bobo nem nada, sabe muito bem a hora de recuar. Quando os banqueiros entregaram os documentos, o doutor, que parecia estar definitivamente morto, surpreendeu a todos e fez uma manobra política radical, aliando-se com os seus inimigos históricos. Ele era mesmo um gênio, sabia como usar seu capital. E seu capital eram os votos. Por isso, fechou acordo com os antigos inimigos e ajudou a elegê-los. Em troca, eles prometeram usar o capital político deles para defender o doutor. Deu tudo certo. Eles impediriam o julgamento e a prisão do doutor. Tudo ia bem, tudo ia bem...

Mas ainda tinha o Judiciário. Ah, o Judiciário... O ruim do jogo do mundo de hoje é que está cada vez mais difícil de entender, tem muitas peças, é muito pior que videogame de simulação. É nessas horas que o doutor fala de sua saudade do regime militar. Não pelo voto indireto, que o doutor nunca gostou. Nisso ele é um democrata, sempre preferiu o voto do povo. Mas o que irrita o doutor é essa coisa de vários poderes pequenininhos, do poder difuso da democracia, da falta de hierarquia. Isso dá uma baita confusão na hora da negociação. No regime militar as coisas eram mais claras: bastava você fechar com o Executivo que já vinham juntos os outros três poderes, o Legislativo, o Judiciário e a imprensa. Já na democracia é esse caos que vivemos hoje. Não tem hierarquia, não tem ordem. Não é fácil operar num mundo assim. Mas o doutor é um homem forte. Se o Executivo não dá jeito, ataca também no Judiciário.

Mas nem isso basta. O pior da democracia não é o voto direto, é a democratização do poder no Estado. Foi por isso que, desde o retorno da democracia, a corrupção cresceu tanto. É óbvio. Num Estado sem hierarquia, aumenta o número de pessoas que precisam ser compradas. Para fazer um esquema na época do regime militar, você comprava cinco ou seis pessoas. Dez, no máximo. Já na democracia são centenas. Tudo que é funcionário público de merda tem sua parte do bolo. Aí não dá, fica esse caos.

E não é só um problema de dinheiro. Isso se arruma, não é difícil, basta aumentar a porcentagem da propina. Mas não é só isso. É também o tempo de investimento. Não tem esquema que funcione com tanta gente envolvida. Sempre tem alguém que não dá para comprar. Não que o cara não se venda, isso não existe! Todos têm seu preço. Basta fazer com jeitinho. Eu já vi o doutor corromper gente que nem eu acreditava. O cara parecia honesto até o último fio de cabelo. Mas o doutor comprou. Uma das coisas que eu aprendi com ele foi que comprar um homem é igual a comer uma mulher. Não existe um homem que não se venda, assim como não existe uma mulher que não seja comível. É tudo uma questão de jeito. Basta fazer com cuidado. Você não pode, por exemplo, ligar para um homem e oferecer propina. Se fizer isso, toma um grande não no meio da cara. Seria equivalente a você ligar para uma mulher que acabou de conhecer e convidá-la para ir ao motel. Com certeza tomaria um fora. É a mesma coisa: homens fingem que são honestos, assim como mulheres fingem que não são galinhas. Se você quer corromper alguém, tem de saber que está convencendo o cara a "fazer sacanagem" contigo.

Por isso, para comprar e para comer alguém você precisa de uma relação de intimidade, confiança, carinho, amizade. São vários jantares, festas, o que for necessário. E tem de respeitar o tempo do cara. Não dá para chegar e tacar a mão na perna. Tem de parecer que não faz questão, tem de seduzir, deixar o cara com vontade de ter o que você pode oferecer. Ele tem de ter vontade de ter uma piscina como a sua, de comer mulheres como as que você come, de tomar um vinho bom como o seu, de fumar um charuto importado etc. ... É nessa hora, quando ele estiver caidinho por você e por seu modo de vida, que você come – ou melhor, compra – o cara. O doutor sempre foi bom nisso. Não tem ninguém que escape. Ele compra ou come quem quiser. Mas até para o doutor o sexo tem limite. E o limite é o tempo. Cada conquista demora um tempo e, como na democracia aumentou muito o número de pessoas que devem ser compradas, o doutor não conseguia mais comprar todas elas.

Ou seja, o pior não é ter de comprar o Judiciário. O pior é ter tanta gente lá para comprar. Foi por isso que o doutor teve de priorizar. Conseguiu fechar com vários juízes e com o pessoal do Supremo, que são mais fáceis de comer, são mais experientes, menos românticos, mais velhos, estáveis e entendem das coisas. Com eles não precisa nem de jogo de sedução. Eles sabem que o doutor é, antes de tudo, um pai de família. Isso foi bem importante, ajudou bastante, foram eles que adiaram o processo quanto puderam. Mas ainda havia os promotores pegando no pé do doutor.

Ah, os promotores… Eu nunca tinha nem dado bola para eles. Agora eles estão com tudo. Sabe o que mais me irrita? É que é tudo peixe pequeno, uma molecada recém-saída da fralda, que não respeita nada e só pensa em aparecer, uma gente nojenta, meio urubu, que só quer ver o mal dos outros, parece até jornalista. O que mais me irrita é pensar que hoje em dia qualquer mocinho de 30 anos pode atrapalhar a vida de um pai de família como o doutor. Aí não dá. Desse jeito, aonde nossa sociedade vai parar?

Mas o doutor é homem forte. Aguenta tudo. Mesmo com os moleques no seu pé ele aguentava tudo. Não podia e não ia errar. O doutor é bom de briga.

Estava tudo certo. Tudo ia dar certo. Mas ainda tinha o filho. Ah, o filho… Lembra dele? É… Ele mesmo. Aquele moleque ridículo que contratou o doleiro e começou tudo. Um babaca. Ele não aguentou e falhou. Ficou desesperado e ameaçou o doleiro por telefone. Não deu outra. Os promotores acusaram o moleque de obstruir as investigações e pediram a prisão preventiva. Até aí eu entendo: o garoto tinha falhado mesmo e, se dependesse de mim, mofava para sempre na cadeia. O que eu não aceitei foi eles terem prendido o doutor junto. Puta injustiça. O doutor não sabia de nada, jamais ia ameaçar o doleiro por telefone, isso é o tipo de coisa que ele faria pessoalmente. Mas os promotores eram amiguinhos do juiz, frequentavam juntos aqueles botecos meia-boca de pobre intelectual rancoroso. Aí, num desses porres regados à cerveja nacional e cachacinha mineira, os promotores pobres e o juiz rancoroso combinaram de mandar prender o doutor junto com o filho. Uma baita injustiça, não existe mais lei neste país, virou tudo política.

Esse é o triste fim da história do doutor. É por isso que ele está aqui agora, descendo desta ambulância, na porta deste hospital. Graças a Deus cheguei a tempo, peguei em sua mão, dei um apoio. Coitado... Nunca vi o doutor assim, com essa expressão, com esse medo no olhar.

Mas ele vai se recuperar! Eu sei que vai. Eu creio em Deus e sei que ele vai sair dessa. O que me irrita é pensar que o doutor não merecia. Ele é um cara humano, um amigo como poucos, sincero, fiel com os seus. Honesto até o último fio de cabelo. Um homem de palavra.

Definitivamente, o doutor não merecia.

Outubro de 2005

EU NÃO VIVO DISSO

Eu não vivo disso. Tenho amigos que vivem. Mas eu não vivo disso. O Wallace, por exemplo. O cara vive na maior correria. Em toda folga que tem na Rocam, ele se reúne com a turma encapuzada para fazer os extermínios deles. O cara é viciadão na coisa. Quando não tem encomenda de comerciante, sai para zoar com meliante. Se ficar uma semana sem passar um bandido, o cara baba.

Não aguento tipo assim. Muito papo. Outro dia eu passei na loja dele para buscar o Adão e ele foi logo contando prosa. Me mostrou até book de fotos. Tira fotos de todo cara que ele mata para mostrar como acertou bem os tiros. E é tão maluco que deixa o book na gaveta do escritório.

Mas eu não vivo disso. Todos que matei foi no cumprimento do dever. Ou em legítima defesa. Nunca precisei esconder os homens que matei. Não fico contando os números, pois não vivo disso. Mas já devo estar em uns cem. Todos culpados. E todos dentro da lei. Graças a Deus não preciso esconder minhas mortes de ninguém. Posso dizer que tenho orgulho de cada meliante que passei dessa para pior.

Mas admito que preferiria ser preso por mortes. Se tivesse sido preso e exonerado por alguma morte, seria melhor. Mas os canalhas me pegaram onde eu não admito. Me acusaram de fazer acerto.

Isso eu não faço. Não sou da civil. Acerto eu nunca fiz. Faço meus bicos de segurança, pois a renda é baixa, mas jamais aceitei grana de meliante, nem de playboy, nem de noiado.

Eu também sou contra prender noiado. Não vale o esforço. Acho um absurdo perder tempo levando um usuário à delegacia. Prefiro fazer uma conversa amistosa, trabalhar no psicológico dele para que me passe as informações certas. Tem noiado que circula pacas. Conhece todo mundo. E noiado não tem ética. Bastam um telefone sem fio, uns tapinhas básicos e o cara já abre tudo. É tudo fraco, sem ética, sem moral. Por isso mesmo é noiado. Só serve para isso mesmo. Passa informação para mim e para o outro lado. Tem bandido que eu respeito, que é bom inimigo. Tem a ética dele, errada, mas ética. Mas noiado não. É tudo fraco. Noiado eu não respeito.

Isso tudo eu aprendi na rua. Fui treinado por grandes policiais que me ensinaram técnicas de investigação de verdade. Hoje em dia tem gente que confunde conversa amistosa com tortura. Coisa de quem não conhece a rua. E não conhece o código penal. Tortura é coisa de doido que passa dias zoando o mesmo cara. Coisa de tarado, viciado. Nunca entrei nessa. Não sou delegado para curtir homem pelado em pau-de-arara. Só faço o básico e faço rápido. Não quero me misturar com meliante. Não quero ter relação pessoal com gente desse nível. E tortura é muito pessoal. Não entro nessa. Só faço o básico, pois, como diz a música que a minha filha sempre ouve, "um tapinha não dói".

E tudo que faço é para investigar e encontrar o criminoso. Se tem coisa que não aguento é essa de policial militar não poder investigar. Isso de separar a polícia militar da civil é coisa que só existe no Brasil, herança da ditadura. Sou totalmente contra isso. Quando sei de um crime, quero ir até o fim, quero chegar ao criminoso. Para mim tem de fechar logo a tal da polícia civil. Polícia é polícia. E polícia é militar, pois polícia combate o crime. Isso de policial fazer só a extensiva, ficar passeando de carro, torcendo para dar sorte de pegar um flagrante eu não aguento. Não sou guarda municipal. Desse jeito vão acabar tirando minha arma e querer que eu ande o dia todo passeando na rua, girando o cassetete e assobiando músicas leves. Tô fora dessa. Não tiro gato de árvore e não dou bronca em moleque que pula muro.

Meu negócio é sair na rua e caçar bandido. E caço até achar. Para achar, investigo. Levanto informação, avanço na coisa. Aprendi na rua a trabalhar no psicológico do meliante para levantar informação rápida e segura. É o que os desinformados chamam de tortura. Mas tortura é outra coisa.

Não que eu não goste de uma ocorrência em flagrante. Tem hora que é legal. Mesmo quando estou de folga, fico o dia todo ligado no rádio para ver se pinta algo bom. Se pintar um bom cerco, um bom flagrante, eu corro para lá. Gosto de ser o primeiro a chegar para trocar tiro com meliante. É sempre uma boa chance. Meu negócio é linha de frente. Já dei sorte várias vezes, acho que umas trinta mortes boas vieram de situações assim. Mas, se chego e já tem cerco feito, nem perco tempo. Vou embora, pois aí já sei que vai virar política.

Se tem coisa que eu odeio é política. Política não tem nada a ver com polícia. As palavras são parecidas e o pessoal tem confundido as coisas. Polícia não pode ter política. Polícia tem de ter autonomia para agir ou nada funciona. Isso de ficar o tempo todo controlando a polícia não funciona.

Mas também está tudo errado. É claro que com os polícia porcaria que botam hoje tem mais é que controlar mesmo. Uma coisa leva à outra. O certo era ter apenas policiais altamente treinados e dar a eles liberdade total. Aí a coisa funciona. Mas o mundo não é assim. A democracia burocratizou tudo. Ficou impossível trabalhar.

Também não gosto de levar bandido à delegacia. Faz tempo que sei que isso não adianta. Policial que leva bandido preso ou é jovem inocente recém-admitido na polícia ou quer parte no acerto que o meliante vai fazer com o delegado. Eu prefiro deixar o cara solto e negociar. Não por grana, pois NÃO VIVO DISSO. Por informação. Não sei quantos prendi, mas sei que, proporcionalmente, foram poucos. Não é algo de que tenho orgulho. Só prendo se não tiver outro jeito.

Mas também nunca entrei nessa de ser justiceiro. Isso é coisa de adolescente de esquerda que acha que pode mudar o mundo. De cara orgulhoso que acha que é DEUS ou canta ponto para Oxóssi. É coisa de cara que acredita em JUSTIÇA, com letra maiúscula, que acha que vai acabar com todo o crime de Gotham City. Estou fora dessa. Não vivo disso. Não sou o Batman do *Cavaleiro das Trevas*. Estou mais para o Charles Bronson de

Desejo de Matar. Faço apenas a minha parte. Caço o bandido que posso. Sou um cara tranquilo. Acredito que, se todos fizessem sua parte e matassem os bandidos de seu bairro, o mundo seria muito melhor.

Meu orgulho é saber escolher. Não perco tempo matando peixe pequeno. Sei que cem mortes em trinta anos pode parecer pouco. O Wallace, que é jovem, matou isso em poucos anos. Mas ele mata peixe pequeno e mata de capuz. Eu não. A maioria que matei era de graduados no crime. E, todos que passei, matei com orgulho. Matei de cara limpa.

Além disso, é claro que, nos últimos anos, minha média baixou. Não gosto de ser fora-da-lei, gosto de matar na legalidade. E desde que inventaram a tal democracia a coisa ficou mais difícil. Cada morte é um baita trampo. São horas de inquérito e interrogatório. Tem de estar tudo explicadinho, tem até exame de balística. Até morte simples tem processo administrativo. Nunca dá em nada, mas te toma um tempo, dá um trampo. Mais um motivo para ser seletivo, para escolher bem quem vou matar.

Também não sou de reclamar. Fui exonerado, mas não sou como o Adão, que até chora por ter sido expulso da polícia. Eu não. Sei que me foderam. Fui exonerado numa armação ridícula, dizem por aí que fiz um acerto de trinta reais. Vê se tem cabimento. Justo eu que nunca fiz acerto, que nunca negociei com meliante... Justo eu tenho de ser exonerado por isso. Fizeram questão de me humilhar. Por sorte sou respeitado e conhecido. Mesmo em Romão Gomes – o presídio militar para o qual fui transferido – ninguém acreditou que eu era corrupto. Não é meu perfil. Matar eu até mato. Mas corrupção eu não admito.

Foi injusto, mas não reclamo. Sei que só faltavam seis meses para eu completar trinta anos de serviço e conseguir minha aposentadoria integral. Sei que perdi isso. Mas não reclamo. Dinheiro não é tudo na vida. Saí do presídio e agora consigo viver dos meus bicos de segurança privado. Não reclamo. É a vida. Sou forte e resisto.

E sei que quem me fodeu não foi nenhum bandido. Bandido eu só fodi, nunca fui fodido. Quem me fodeu foi a própria polícia. Se tem uma coisa errada na polícia militar é isso de patente. Qualquer moleque que fez Academia está acima de um cara como eu, com trinta anos de polícia. E os moleques querem que eu aceite o comando deles. Querem disciplina. Querem submissão. Não admiti isso. Aí armaram para mim. Forçaram um noiado de merda, um noiado sem ética, a dizer que eu exigi um acerto. Um absurdo. Noiado não tem palavra. Não é cidadão, é viciado. Não devia nem ser ouvido em tribunal. Isso de noiado ser testemunha de alguma coisa é um erro do tal sistema democrático. Noiado não devia sequer ser ouvido. Mas ouviram. Agora fui exonerado por armação de um moleque tenente, que, inconformado com meu estilo livre, convenceu um viciado a testemunhar contra mim.

Mas não reclamo. Vou recorrer. Enquanto puder, vou recorrer. E não adianta dizerem que sou corrupto. Ninguém da polícia acredita. Podem me exonerar, podem tirar minha aposentadoria, podem me condenar a passar o resto da vida na prisão, mas jamais vão tirar minha dignidade. Quem me conhece sabe que não vivo disso. Não faço acerto. Sou polícia por crença e por missão. Mesmo sem cargo, mesmo sem soldo, mesmo sem aposentadoria, eu continuo sendo um polícia de verdade. Não tem moleque tenente que me tire isso.

Março de 2007

O SEGREDO:
OU COMO PENSAR POSITIVO APÓS UM ACIDENTE AÉREO

Tem gente que não sabe ver o lado bom das coisas.

Esse é o grande segredo: pensar sempre positivo. Quem pensar positivo vencerá.

Veja o caso do novo acidente aéreo tupiniquim.

A maioria das pessoas ficou triste, emocionada. O certo, no entanto, é pensar positivo, buscar o lado bom do acontecimento.

Eu mesmo admito. Assim que fiquei sabendo da notícia, meu primeiro impulso foi negativo. Fiquei chocado com o número de mortos e imediatamente pensei: vou vender minhas ações da empresa. Vou abandonar esse barco. Vou mudar de identidade empresarial. Coisas assim, negativas.

Assim como eu, muitas pessoas tiveram pensamentos negativos nessa hora. É compreensível. É tudo culpa da televisão, que explora a tragédia de forma sensacionalista, mostrando corpos, mães choronas, coisas horríveis. Aí nós ficamos meio tristonhos, melodramáticos. E quem é melodramático só chora e não age. A televisão faz isso de propósito, para alienar o cidadão. Afinal, é mídia de massa, e o objetivo dela é fazer com que o cidadão pobre pense coisas negativas o tempo todo. Assim se garante que ele continue um perdedor, que fica vendo gostosas na tevê em vez de comê-las. É para manter o povão passivo que a televisão explora a tragédia de forma melodramática.

Até aí, tudo certo. Esse é mesmo o papel da tevê. Mas não sei por que eu, justo nessa noite, caí nessa. Nunca assisto à televisão brasileira, prefiro ouvir jazz e deixar o canal Bloomberg ligado. Mas nesse dia não resisti. Passei horas vendo as mães choronas. Pensei que com mais de duzentas mortes havia grande risco de a empresa perder a concessão e/ou simplesmente ser rejeitada pelo público consumidor. Quase chorei pensando que nossa companhia poderia abrir falência. Nessa hora eu sucumbi, tal como os pobres e mal remediados de todo o Brasil, numa grande onda de pessimismo.

Por algumas horas, fechei-me no quarto e não atendi aos telefonemas. O comandante Alberto, nosso presidente, não parava de ligar. Nesse dia ele provou que, apesar de jovem, é um homem forte. Não se deixou impressionar. Manteve a força. Mostrou que era o legítimo herdeiro do trono do heróico Comandante Rolinha, que, de tanto ser otimista, morreu em outro acidente aéreo. Uma morte rápida, trágica, digna de um general romano orgulhoso de seu império. Rolinha foi nosso mártir do pensamento positivo e nosso maior exemplo de sucesso. E Alberto naquele dia provou que era o tipo de rapaz que, mesmo nas horas mais difíceis, mantém o otimismo e persevera.

Ao me lembrar do Rolinha, grande amigo, tive vergonha do meu pessimismo. Decidi retornar a ligação de Alberto. Ele me atendeu calorosamente e me convidou para uma pequena recepção em sua casa. Coisa íntima. Apenas para os maiores acionistas da companhia. Já estava todo mundo lá. E haveria um show da Lua!

Fiquei todo animado. Adoro a Lua! É uma das melhores cantoras da nova geração. E, além de curtir os prazeres da boa comida, gosto do contato com meus iguais. Foi assim que renasci das cinzas. Saí do quarto feliz, liguei o som, acendi as luzes, acordei todos os empregados, mandei-os preparar meu banho e passar minha roupa. Vesti-me feliz e com a certeza de que a vida ainda tinha muitos bens para me dar.

Já a caminho da casa de Alberto, no banco de trás do carro, não pude deixar de refletir sobre minha crise de poucas horas antes. Comentei com José, fiel motorista:

– É estranho como, às vezes, a gente cede ao pessimismo, não?

José tentou, mais uma vez, falar da esposa, que tinha câncer e não conseguia tratamento adequado. Sempre esse papo, sempre esse papo... Mas dessa vez decidi animar meu fiel escudeiro. Lembrei-lhe que tudo na vida tem seu lado bom e que ele deveria procurar as lições que existem por trás de cada acontecimento. Não que eu goste de tragédias, mas no caso do acidente aéreo uma coisa deve ser dita: não há nada que eu possa fazer pelos mortos. Eles já eram. Agora é bola para a frente.

A festa de Alberto estava realmente animada. Poucas pessoas, todas hiperselecionadas. Foi um prazer conhecer a Lua, menina meiga, educada, de boa família, católica, classe média trabalhadora, tal como meu bisavô, que fez a América. A Lua é linda. Pena que muito jovem para mim, não me sinto à vontade com garotinhas jovens e cultas. Se fosse um pouco mais burrinha, ainda vá lá. Mas jovenzinhas cultas lembram minha filha. Senti carinho por ela. Desejei que se casasse com meu filho.

Cruzei também com Roberto, grande advogado, sócio do escritório que defenderá nossa empresa. Perguntei-lhe sobre de seu filho, jovem talento jurídico e excelente jogador de golfe. Roberto me explicou que ele não pudera ir, pois assim que soube da notícia do acidente enxergou uma ótima oportunidade e partiu atrás dela:

– Meu filho é um empreendedor. Ao ouvir a notícia, preparou sua mala de viagem, despediu-se da esposa e dos filhos e hospedou-se no mesmo hotel em que nossa empresa acomodou a família das vítimas do acidente.

A idéia era realmente ótima: aproveitar o momento difícil e conquistar as vítimas para sua carteira de clientes. Esse, sim, é um jovem de visão. Uma grande sacada. O menino ganhará milhões. Gostaria que ele fosse o marido da minha filha. E ainda brinquei com o pai coruja:

– Quer dizer que seu filho foi para o lado de lá?

Ambos rimos com a piada. Afinal, sabíamos que num jogo desses todos nós sairíamos vencedores. É como o futebol. Quem ganha não é o torcedor, seja ele do Palmeiras ou do Corinthians. Quem ganha de verdade são os cartolas. E nós somos os cartolas desse jogo! Além disso, para nós da companhia, é melhor ter no outro time um advogado amigo, discreto, sem pretensões políticas populistas e que entenda como funciona o mundo empresarial. Tenho certeza de que o filho de Roberto ainda nos ajudará muito.

Mas a festa, é claro, não foi só diversão. Por um momento nosso jovem presidente pediu a palavra. Ficamos todos em silêncio. Ele sabia que aquele era seu grande momento, sua primeira grande crise, sua chance. E estava preparado para isso. Alberto contou emocionado sobre o pesar que sentiu ao tomar conhecimento do trágico acidente. Mostrou com dados científicos que a tragédia ocorreu por problemas na pista e erro humano do piloto. "Isso acontece, às vezes acontece, não há como evitar. Mas é importante lembrar que o avião ainda é o meio de transporte mais seguro, em estradas de rodagem morre-se muito mais." Alberto provou isso com números. E disse que nossa companhia faria sua parte, que tínhamos um ótimo seguro, pagaríamos a indenização.

Todos ficaram cabisbaixos e tristes. E Alberto continuou seu discurso. Disse que o ocorrido havia sido muito triste, mas que não podíamos perder nossa empresa apenas por causa de um evento trágico. Contou que havia pessoas, ligadas a nossos inimigos, que por sua vez são ligados às nossas concorrentes, querendo se aproveitar da tragédia para prejudicar a nossa imagem. "Não podemos permitir isso! Nós temos um importante papel social a cumprir." Alberto mostrou números: a companhia é responsável por mais de três mil empregos diretos e mais de dez mil empregos indiretos. E, emocionado, prosseguiu seu discurso. "Essas pessoas todas podem perder o emprego. São treze mil famílias sem emprego, já pensaram nisso?" Ficamos em silêncio, preocupados. Diante disso, Alberto lançou sua cartada final. "Sabe o que mais irrita? É que eles só falam dos mortos, mas ninguém fala dos vivos. Ninguém fala dos funcionários de nossa empresa e de suas famílias, que estão ameaçadas por essas críticas irresponsáveis."

Nessa hora todos aplaudimos felizes e entusiasmados. Alguns até se abraçaram. Para nós, que só trabalhamos com números e ações, é sempre prazeroso lembrar que o dinheiro com que lidamos tem também um papel social.

Um acionista fez, então, a pergunta da qual todos queríamos saber a resposta:

– Presidente Alberto, você acha que as ações da empresa cairão?

Alberto então deixou de ser um líder populista e mostrou sua faceta de líder empresarial. Afirmou que certamente as ações teriam uma ligeira queda nos próximos dias. Mas que era coisa provisória, resultado da venda dos pequenos acionistas mal informados, que, por não conhecer as entranhas de nosso negócio, acreditam nas falsas notícias da televisão aberta. "Passado esse rápido período de turbulência, nossas ações voltarão a subir, pois nós temos o principal: o Estado está do nosso lado. O governo brasileiro sabe que é importante para o Brasil ter uma grande companhia aérea. E a nossa foi a escolhida. Basta ver que já conseguimos articular a falência de uma concorrente. Iremos nos próximos anos destruir outras, até chegar ao nosso objetivo: o completo monopólio. O governo está do nosso lado." Prosseguiu, afirmando que já havia acontecido um acidente dez anos antes e nada tinha mudado, que nossa empresa continuou a crescer naquela época e continuaria a crescer agora.

– Em suma: sim, teremos uma crise passageira. Mas a crise é o momento certo para investir. As ações estarão em baixa, é uma boa hora para comprar. No fundo, isso tudo será bom para nós aqui presentes. Para nós, que temos convite vip, para nós, que pudemos conhecer a Lua. Pois nós poderemos comprar ainda mais ações em baixa para depois revender na alta. Vamos poder concentrar ainda mais as ações em poucos acionistas. Vamos ter a empresa em nossas mãos. No fim, vai dar tudo certo.

Todos aplaudiram entusiasmados. O otimismo voltou a reinar.

Alberto misturou-se aos outros para receber os cumprimentos. Por quase meia hora só falamos de negócios, em pequenas rodas onde se diz o que não pode ser dito nos grandes discursos públicos. Roberto, o advogado, liderava a turma mais animada e fazia o discurso cínico-racional. Mostrou que o acidente só evidenciava que nossa companhia ainda tinha o que mais importava: a concessão pública para explorar de forma privada o lucro no espaço aéreo sem nenhuma daquelas regulações estatais limitadoras.

— O importante é que nossa empresa se manteve fiel ao seu princípio fundamental: NADA SUBSTITUI o lucro! Isso está no site oficial da companhia! Vejam bem: uma empresa que opera uma concessão pública assume abertamente que é guiada pelo mote "Nada substitui o lucro"! Abertamente. E nada acontece. Percebem o absurdo, a contradição? Apesar de sermos operadores de uma concessão pública, ainda priorizamos o lucro. E dizemos isso publicamente. Essa é, sem dúvida, a maior prova de nosso poder.

Roberto também explicou, de forma paciente, a estratégia da companhia. Baseia-se em dois princípios básicos: a) contínua articulação política, visando a neutralizar os poderes de regulação do Estado, destruir as concorrentes e chegar ao completo monopólio; e b) imensa redução de custos.

Alguém mais ousado, em tom mais baixo e meio de viés, nos disse:

– Mesmo se, para reduzir os custos, for necessário diminuir um pouco a segurança dos passageiros.

Ao que Roberto completou:

– Sem dúvida. É o que eu sempre digo. Segurança em primeiro lugar. A dos acionistas, claro. Depois a dos usuários.

Todos riram com a piada.

Outro sujeito, um novo-rico bêbado e grosseiro, cuja presença numa festa como aquela era certamente inexplicável, concluiu:

– É... nossa companhia é igual ao 007. Temos licença para matar.

Dessa piada ninguém riu. Até para piada existe limite.

Mas o mau gosto do novo-rico foi bom para encerrar o assunto. Eu já estava cansado de falar de dinheiro. A vida não é só isso, afinal. Fazia quase uma hora que os homens estavam futricando e as meninas, convidadas para animar a festa, estavam todas sozinhas, caídas nos sofás. De tão tenso que estava, eu nem tinha reparado nelas. Olhei com atenção para ver o que a vida tinha a me oferecer. Sei que com Lua eu não teria chance, mas havia outras meninas igualmente lindas. E juventude sempre renova a gente.

As luzes foram apagadas. Pelo microfone, Alberto nos convocou para ir até a pista. Nosso jovem presidente também era meio artista, hiperligado em música eletrônica, e iria discotecar para nós naquela noite. Lá do bar eu pude ver as meninas se levantando dos sofás e correndo animadas para dançar.

Nós, os acionistas cinquentões, olhamos uns para os outros. Ainda faltava coragem. Aquela animação toda das meninas, sei lá... Decidi ser o primeiro. Larguei o paletó de lado, tirei a camisa para fora da calça, virei uma dose de uísque e caí na pista. Os outros vieram atrás, correndo como mamutes. A música estava ótima. Que noite!

Julho de 2007

ANTROPOFAGIA, FAGOCITOSE

Não sei ao certo o porquê, mas só acordei agora. Estou em meio a um programa de auditório, conheço o apresentador, quando jovem cheguei a ver os programas dele na rede pública. Mas agora estamos na FICs. Na FICs, aquela que há mais de quarenta anos é a maior emissora de televisão do país! O Paulinho – o tal apresentador – está mais velho, com cabelos tingidos e penteados para esconder a evidente calvície, mas seu sorriso, sua animação e seu jeitinho saltitante continuam os mesmos. Os jovens da platéia mudaram um pouco o corte de cabelo, mas sua alegria inebriante e sua contestação política do nada continuam as mesmas. Ou seja, eles são outros, mas continuam os mesmos. Mudam as pessoas, mas é sempre o mesmo target. Aquele homem saltitante percebeu que um jovem vai, mas logo chega outro; percebeu que a única coisa fixa no mundo é o target. E ele, louco pela estabilidade, em vez de se relacionar com seres vivos que se transformam, optou por se relacionar com um target. Foi assim que ele, tal como a Hebe, se eternizou na televisão.

E eu – por algum motivo estranho – estou no meio do palco, num banquinho. Ao meu lado está uma senhora loira, perua, que não sei ao certo quem é. Acho que eu sou um dos entrevistados da noite. Olho para o meu corpo. Acho que estou uns quinze anos mais velho e muito mais forte. Até acho legal o corpo que vejo em mim, sempre quis ter um corpo desses. E é um sinal de saúde. Mas me sinto um pouco duro e não reconheço bem quem está ali. Ele não se parece comigo. Percebo inclusive que eu me olhei de soslaio. Será que o ele–eu reparou que eu o estou observando? Acho que não. Afinal, ele sou eu. Ou não? Não sei ao certo. Mas também não tenho muito tempo para pensar nisso agora, pois a tiazinha loira que fala ao meu lado acaba de terminar sua fala. O público aplaude. Eu (?) aplaudo. O apresentador pode me chamar e eu terei de agir. Estou tenso, não sei direito o que falar. Não quero dizer isso que estou pensando, até porque não sei ao certo o que estou pensando. Tô fodido.

Mas, por sorte, Paulinho chamou a banda que, hiperanimada, começou a tocar a música de um anúncio publicitário como se fosse rock'n'roll. Mais tarde eu soube que isso de confundir arte com publicidade é a estética pós-moderna. Mas agora acho estranho. Todos se levantam e dançam. Eu danço. Danço? Sim, eu danço. E eu me olho de soslaio, estou desconfiado de mim mesmo. Mas ao menos tenho tempo para entender o que de fato ocorreu.

Vou por partes, para não me confundir. Primeira coisa: eu tenho certeza de que isso NÃO é um sonho. E disse que acordei, mas foi só força de expressão. Acordei e não acordei. Por algum motivo consigo me ver ali no sonho, consigo finalmente lembrar quem sou. Mas eu estou lá, me comportando da mesma forma que me comporto desde o dia em que deixei de ser eu mesmo. Parece que o sonho continua, mas agora eu estou observando ele. E o ele–eu está me olhando de lado. Até que o ele–eu é bonitinho. Mas isso não vem ao caso agora.

Está difícil lembrar como foi que saí de mim. Mas, que eu me lembre, a última vez que lembro de mim como eu mesmo foi no dia em que fui descoberto. Descoberto. Eu estava coberto pelo mundo medíocre que vivia. Esse mundo era uma cidade do interior. Mas eu tinha sonhos grandes. Queria entrar no mundo real. E o mundo real, desde essa época, era a FICs – a maior emissora de televisão do país, um grande monopólio sem concorrentes.

José Belmonte era uma estrela nacional. Um mito do teatro brasileiro. Um grande ator cinquentão, protagonista de inúmeras novelas. Magro, feio e charmoso. Lindo. Fala grossa. Sua peça era uma porcaria, mas eu, jovem e animado, adorei vê-lo de perto. Não era sempre que eu, na minha pequena cidade, tinha chance de ver de perto uma lenda viva da FICs. Fui pedir autógrafo e ele me convidou para passar em seu quarto mais tarde. Foi lindo. Ele era um sábio. Me tratou como um aprendiz. Fui feliz como nunca. Eu não era gay, mas transamos. Finalmente entendi os gregos.

Minha ida à capital foi consequência disso. Belmonte me recebeu em sua casa, me mostrou o mundo da capital. Festas e drogas. Belmonte não usava mais, mas reunia toda a nata em sua casa. Um período áureo. Minha entrada na vida. Eu era feliz como nunca.

Eu estava feliz com a memória, mas a dança parou e Paulinho – o apresentador – chamou um novo quadro. Nele, a perua loira vai mostrar um objeto que lhe remeta a memórias da infância. A produção traz uma colher de papinha. Uma colher de criança. A perua faz um discurso. Diz que essa colher de papinha é muito mais que uma colher de papinha. Que nela constam as iniciais de seu nome. A câmera se aproxima para dar o detalhe. Mas não tinha inicial alguma. A produção deve ter errado em algo e esquecido de gravar as letras na colher de papinha. Mas a perua é profissional. Percebe a gafe e segura a onda. Ela é boa. Apresenta um programa matinal e não venceu na vida à toa. Continua seu discurso. Explica que a falsa colher de papinha é sua colher de verdade desde que ela era um bebê. E que ela a guarda até hoje. Ela conta sua triste adolescência num internato repressor. Religioso. Opressor. Sem liberdade. E ela lá, sozinha. Sem família. Só com freiras carolas. Mas ela conseguiu levar escondida sua colher de papinha. Com – ou sem – as iniciais de seu nome. E sua colher era a única coisa que a fazia lembrar de quem era ela. Era sua identidade. Todos os dias ela botava a colher de papinha por baixo da blusa e levava ao refeitório. Almoçava com ela. Mesmo se fosse um bife de fígado, almoçava com ela, pois, em meio ao mundo opressor de um colégio religioso, a colher de papinha fazia a então jovem perua recordar sua verdadeira identidade. Uma linda história. Todos aplaudem emocionados. A velha perua venceu na vida, mas, como todos nós, ela também sofreu. A velha era boa no que fazia. Era profissa.

 Eu ouvia isso no automático, mas a cada instante ficava mais nervoso. Afinal, eu continuava sentado no banquinho ao lado dela. Continuava sorrindo e me comportando como se tudo aquilo fosse normal. Como se fosse real.

E sabia que em breve chegaria a minha vez, o Paulinho perguntaria algo para mim. E eu não saberia responder.

Meu medo se efetivou. Eu não estava lá impune. Agora Paulinho falava de mim. De minha esposa. Quem era ela mesmo? De minha carreira. Eu tinha uma? Meu Deus, eu terei de falar algo. Por sorte, Paulinho chamou um vídeo editado com minhas principais atuações em novela. Boa chance de entender direito quem eu sou agora.

Bastou ver minha primeira imagem – jovem e sem camisa – que me lembrei do dia em que conheci Alberto Roberto. Eu tinha meros três meses de Rio. Foi numa festa, e com ele conheci a ambição e as drogas.

Alberto Roberto não era gay. Ao contrário, era macho como poucos: casado com atriz famosa, diretor de núcleo da FICs, pai de família. Mas mesmo não sendo gay adorava comer jovens atores. Gostava tanto de comer que até dava para conseguir comer. Será isso a antropofagia brasileira? Fagocitose? Comer para neutralizar? O fato é que, com o mestre Belmonte, eu conheci o amor do mentor para o discípulo, e com Alberto conheci o que é ser comido pelo chefe. Comido e fagocitado pelo poder superior.

Não que eu tenha dado logo de cara. Nunca fui gayzinho para sair dando a bunda. Sempre gostei de mulher. Mas também não era mané. Tinha meus planos e tinha uma estratégia para alcançá-los. E faria o que fosse necessário para chegar aonde estou. Onde estou mesmo? Bem, isso não importa. O que importa é que queria chegar aonde estou. E para isso aceitava algumas coisas. Como comer veado, por exemplo. Não ligo. Sou macho. Não sou gay, sou realista. E, como bom machista que sou, não hesitei em comer Alberto Roberto. Todos sabiam que era assim que se chegava lá.

Nossa relação foi de guerreiros que travam uma luta em comum. Não era mais o homossexualismo de Atenas, entre mestre e discípulo. Era a veadagem de Esparta, entre jovens soldados. Alberto e eu tínhamos planos em comum. Cheirávamos juntos. Comíamos juntos jovens e lindas pretendentes a atriz. Faríamos uma puta novela, um marco na teledramaturgia tupiniquim. E de quebra eu comia Alberto Roberto. Só comia, não dava. Não sou e nunca fui gay.

Mas admito que a coisa era tensa. Ele estava sempre tentando reverter o jogo, sempre me seduzindo. Dizia que macho que é macho não tem medo de dar o cu. Eu tinha. Que quem não tem coragem de dar o cu é porque tem medo de gostar. Eu não era macho, admito. Mas aos poucos fui ficando mais maduro, mais homem. Queria vencer. Ser uma estrela, comer as atrizes. Fui me abrindo, até o dia em que Alberto Roberto chorou por meu amor. Ele pediu tanto que relaxei. E dei. Belmonte eu só tinha comido. Mas para Alberto eu dei. Ele foi meu primeiro. Lembro da dor como se fosse hoje. Não gozei, mas também não morri. Descobri que dar não mata ninguém. Passei no teste. A partir desse momento, Alberto e eu viramos irmãos. Nem sexo fizemos mais. Alberto nunca mais me comeu. Eu já era dele e Alberto partiu para seduzir outro jovem ator ainda virgem. O próximo da fila. Mas foi fiel comigo e me arrumou meu primeiro emprego em telenovelas. Era o início da fama.

Na tela do vídeo continuam passando imagens de minhas principais atuações descamisadas. Eu sorrio feliz com minha performance. Tenho orgulho dela. Nessa época, eu já não era tão magrinho. Estava havia apenas seis meses no Rio, mas meu corpo já era lindo. Foi importante para a minha carreira. Foi bem na época em que as novelas passaram por uma transição. Agora não se vendia apenas o corpo feminino. Vendia-se também – e principalmente – o corpo masculino. Homens sem camisa dominavam as novelas para suspiros das donas-de-casa caretas e dos gays não assumidos de todo o Brasil. Peguei essa onda e virei uma estrela. As mulheres e os gays contidos da platéia deliraram. Ele–eu – na platéia – sorrio malicioso para mim mesmo. Fico constrangido com tamanha intimidade. E temeroso. Não comigo mesmo, mas com o momento. É que a cena que passa é de minha última novela. Vai acabar o vídeo, vão me obrigar a falar. Eu já lembro quem sou, mas sinto que falta algo. Não sei se vou conseguir falar.

Mas, para minha sorte – ou azar –, o vídeo não terminava ali. Ao final dos trechos da novela aparecem depoimentos de convidados falando de meu talento. Belmonte me emocionou. Ele era como um pai para mim. Seu depoimento foi quase sincero. Para o público, foi um elogio, mas para mim foi também um conselho. Ele disse para eu me cuidar. Pensar em mim, em minha vida. Estou tentando, estou tentando. Obrigado, pai Belmonte.

Depois veio Alberto Roberto. Sorridente como sempre, nojento como nunca, cada vez mais gordo, inchado de pó e de ego. O canalha disse que tem muito orgulho de ter me revelado como ator, que está superfeliz com meu sucesso, que deseja vida longa ao meu casamento, e depois começa a falar de si mesmo, como sempre. Falso. Me contaram que, quando chegou meu convite de casamento, ele disse para todos ouvirem: "Sabiam que o noivo eu já comi?". Era típico dele, um cachorro que faz questão de contar a todos o poste em que mijou.

E finalmente vem a Cristina. A Cristina que um dia já foi minha mulher, mas hoje é só minha esposa. Jovem atriz, linda, também revelada por Alberto. Ela disse que me ama, teve a coragem de dizer como é bonito o nosso amor. Meu cérebro quase pira. Minha vontade é chutar tudo ali mesmo, gritar que Paulinho é um velho caquético que finge ser adolescente, revelar que a história da colher da perua loira do programa matinal é só um roteiro fake escrito por seu assistente, contar a todos que Alberto é um gay de merda comedor de garotinhos. Estou prestes a estourar. Pois comer garotinhos eu até admito, mas não precisava ter comido a Cristina. Justo a Cristina.

Quando a conheci, Cristina era linda. E era pura. Assim como eu, ela era do interior. Fazia a escola de Roberto, tinha talento. Era meiga. Nos amamos como nunca e trepamos como sempre. Não tinha motivo para o Alberto comer a Cristina. Ele podia comer quem quisesse, não precisa comer a Cristina. Não precisava tê-la contaminado com a energia degradada do mundo em que vivemos.

Ele me disse que só comeu a Cristina porque eu o havia traído. Não com Cristina, obviamente. Alberto nunca teve ciúme de mulher. Nem de homem, aliás. Alberto só tinha ciúme de outros diretores de núcleo. E estava puto por eu ter ficado uma única vez – uma única vez, reafirmo – com o Camargo, seu concorrente direto. Eu não tive o que dizer, era verdade. Mas o Alberto não precisava ter comido a Cristina.

Nem para a Cristina eu tive o que dizer. A vaca já não era mais meiga. Ela descobriu que seu príncipe ator encantado – eu – comia veados para subir na vida. E de vingança ela deu para o veado que eu comi. E sabe-se lá para quem mais. Cristina agora era uma de nós. Cristina não era mais a Cristina.

Mas a puta era boa atriz. Tinha jeito para a coisa. Falava coisas lindas na tela, contava sobre o dia em que nos conhecemos, descrevia lindamente o nosso amor. A perua loira ao meu lado sorria. Vi nela o futuro de Cristina. Ela seria uma perua loira. Tive nojo. E meu tempo acabava. Era minha hora de falar. E meu cérebro estava pirando. Meu Deus, estou fodido.

O público de jovens rebeldes do nada aplaude freneticamente. Eu–ele sorrio para mim mesmo. E continuo com o cérebro a toda. Cheio de rancor. Mas chegou minha hora de falar. Não sei o que vai sair. Acho que vou botar tudo a perder.

Foi então que reparei que lágrimas saíam de meus olhos. Estranho, eu não estou emocionado. Lágrimas técnicas. Curso de teatro tem uso prático, afinal.

Meu cérebro continua cheio de ódio. Não vejo a hora de sair dali e fugir para um hotel, não vou mais voltar para casa, não quero mais ver Cristina, prefiro ficar sozinho uns tempos e acabar com essa farsa. Mas não sou bobo de fazer isso ao vivo. Nem de repente. Vou fazer com sutileza. Vou preservar minha imagem e minha carreira. Sem rancor, afinal, é o caminho dela. Não vou destruir tudo que construí por uma putinha como essa.

E não vou mesmo. Sou bom ator. Meu cérebro continua pensando merda, continua cheio de rancor. Mas minha fala é afetiva. Choro de emoção. Agradeço a todos, agradeço a Alberto Roberto e manifesto meu imenso amor por Cristina.

Todos aplaudem. O programa é um sucesso. Era o fim que todos queriam. A banda volta a tocar. Eu suspiro aliviado. Passei no teste. Quase pirei, mas passei no teste. Vou vencer. Sou preparado. Não tenho rancor.

O programa chega ao fim e a platéia vira uma discoteca. Todos dançam. Começo a olhar para mim mesmo. Percebo que o eu que me olhava não sou eu de verdade. É outro rapaz. Simpático ele, bonitinho. A banda toca e me aproximo. Ele diz que é meu fã. Chamo-o para ir para casa. Ele sorri maroto. Esse está no papo. Foda-se a Cristina. Chegou a minha vez de sugar a energia alheia. Antropofagia, fagocitose.

Julho de 2007

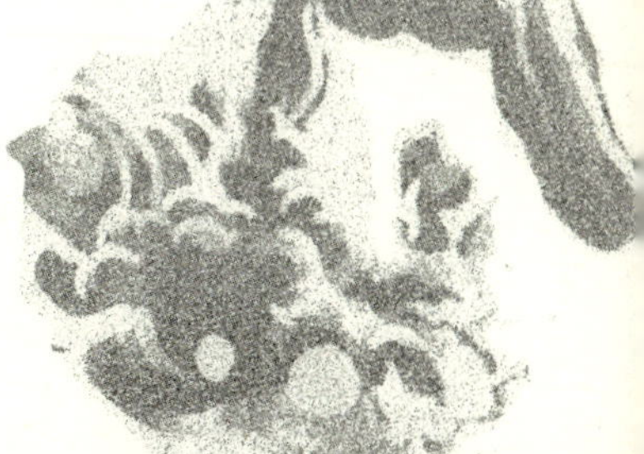

OS NÃO-MEDALHÕES

— Quer mais uma cerveja?

Era um dia atípico. Márcio estava feliz com seu pai. Nem sempre ficava feliz ao lado dele. Andava cansado de discutir sempre a mesma coisa: como o Lula estava nos esquemas, como o Renan era um cara muito esperto, como em Roma tudo isso já acontecia etc. Mas nesse início de tarde de sábado estavam ambos felizes.

Márcio tinha aceitado ir até a Mooca para jogar bocha no mesmo clube que frequentava quando criança. Não que Ataúde gostasse de bocha. Achava aquilo uma grande perda de tempo. Mas agora, velhinho que estava, começara a perceber que perder tempo é uma das possíveis definições de felicidade. E ambos estavam curtindo a tarde, tomando a quarta pinguinha, a quarta cerveja, tudo acompanhado pelo bolinho de bacalhau frito em óleo abundante.

O papo não tinha nada de especial. Eram variações do mesmo mantra: o país está perdido, foi culpa dos pobres, que tiveram muitos filhos, não cabe tanta gente na Terra, é todo mundo burro, os burros dominam o mundo, blablablá.

Mas ainda assim eles se divertiam. A conversa era apenas uma forma de preencher o espaço entre eles. Se soubessem dançar, estariam dançando; se soubessem jogar bola, estariam jogando. Mas só sabiam falar, e por isso estavam falando. Era como uma igreja que canta sempre a mesma música – o que importa mesmo é a fé de quem canta.

Além disso, os dois não cantavam aquele hinário havia anos, já que o filho, ao perceber que aquela igreja não o ajudava a vencer na vida, parara de ouvir o mantra do pai. Este, ao perder o único discípulo, tinha passado anos a fio em completa solidão. Mas agora o filho já tinha passado dos 30 e, consequentemente, abandonado as esperanças de vencer na vida. Sendo assim, também estava curtindo perder tempo na companhia do pai.

Papo vai, papo vem, e o tema da conversa chegou até Leandro.

– Ele sumiu há mais de um mês. Na última vez que o vi, ele tinha ido buscar cem reais lá em casa. Depois sumiu.

A história era meio triste. Leandro tinha mais de 50 anos e nunca conseguira manter uma conta bancária. Seu pai morava em Lavras e vivia de uma aposentadoria de seiscentos reais. Tinha depositado cem para o filho, que precisou ir buscar a grana na casa do tio.

– Mas e a mulher dele? – perguntou Márcio.

Sim, Leandro tinha uma mulher. Podia não ser um sucesso em termos profissionais, mas ainda era bonitão e charmoso. Loiro, alto, forte, com a calma típica de quem está se controlando para não explodir em fúria. Por isso, sempre conseguia mulher; estava sempre meio casado. Nisso superava Roberto, seu irmão quarentão, que nunca namorara na vida e ainda morava com os pais. Com essa última esposa, Leandro já vivia junto havia uns dois anos.

– Ela deve ter cansado de apanhar e botou ele para fora.

Também tinha o lado clichê: de vez em quando Leandro batia em suas mulheres. Não chegou a se tornar alcoólatra, como seu primo Felipe, mas tinha mania de bater em mulher. Quando era jovem, batia muito mais. Ele sempre foi forte, campeão de caratê. Assim, aliás, perdeu o único emprego que teve na vida: bateu sozinho em três colegas bombeiros. Desde então investia na ciência.

– Ele me deixou os rascunhos do livro dele. Ainda não li.

Sim, Leandro era escritor. O fato de não ter concluído o primeiro grau nunca o inibira em sua aventura literária. Estava havia dez anos escrevendo um livro sobre ciência, uma contribuição para a aproximação entre astrofísica, biologia molecular e ciências ocultas. A astrofísica, em especial, era sua grande paixão.

– E o telescópio? Como anda?

O telescópio era um dos empreendimentos de Leandro. Não era um telescópio comum, pois iria permitir enxergar também a aura dos planetas e corpos etéreos que flutuam pelo espaço. Seria uma invenção definitiva.

Esse negócio de inventar coisas grandiosas e impossíveis era, aliás, um dom de família. Leandro era uma espécie de caricatura do pai e do tio. Era como eles, mas ainda com mais manias, ainda mais apartado da realidade. Certa vez, Leandro investiu anos de sua vida numa algema de dedo, invenção caseira que teria impacto na segurança de policiais do mundo inteiro. As algemas normais permitem que o marginal, mesmo algemado, manipule uma arma e aperte o gatilho. Infelizmente, os policiais, aqueles burros, não demonstraram nenhum interesse pela algema de dedo. Nem uma única peça foi vendida. Como dizem, só faltou combinar com a vítima.

Mas Leandro nunca desanimou, e o telescópio era seu grande sonho. Sempre andava com aqueles tubos e uma variedade de conjuntos de lentes. Era sua obra-prima e, como todo o resto em sua vida, ainda estava inacabada. Ele ainda não conseguira o tempo nem o dinheiro necessários para dar prosseguimento a suas pesquisas. Mas de vez em quando mostrava alguns pedaços, discorria sobre seus métodos e tentava convencer amigos de classe média a investir alguns trocados em dinheiro vivo ou amigos remediados a transformar sua casa em depósito de pedaços de telescópio.

– Ele pediu de novo para deixar aquele monte de coisa em casa. Eu obviamente não deixei. Vai saber a procedência daquilo...

Esses pedidos de Leandro eram sempre negados. Podia ter coisa roubada no meio. Ataúde era, antes de tudo, um homem precavido. Márcio se lembra de sua infância, escalando as centenas de sacos de arroz que ocuparam seu quarto por mais de um ano. Pois seu pai, convencido de um futuro racionamento de alimentos por causa de um conflito internacional, armazenara arroz e óleo suficientes para um longo período. Eles podiam ficar sem espaço para viver no presente e ter de conviver com larvas de insetos que cresciam no arroz, mas jamais passariam fome no futuro. Antes de tudo, um homem precavido. Um pessimista materialista.

Já ligeiramente bêbados, pai e filho decidiram caminhar pelo bairro. Ataúde queria encontrar José, seu grande amigo, grande ferramenteiro. Foram várias quadras de galpões abandonados até chegar à oficina. José estava lá, num grande galpão, onde trabalhava sozinho, quase no escuro, em meio a dezenas de máquinas paradas. Tinha 82 anos. Fazia uma peça para seu neto, um novo suporte de rede que permitiria ajustar a altura, outra pequena invenção sua. Em outros tempos, eles pensariam em comercializar; agora se contentavam simplesmente em fazer.

Conversaram um pouco sobre a crise: começou na época do Collor e nunca mais acabou. Fazia cinco anos que José não tinha um único cliente. Mas ainda trabalhava de sábado, só folgava no domingo. E estava feliz em rever o amigo.

– Vou te mostrar uma coisa.

José saiu para o fundo como uma criança que se lembra de um brinquedo e voltou com três cossinetes. Ataúde se emocionou.

– Você ainda tem?

– Só sobraram esses três.

Os cossinetes eram os símbolos de uma época passada, na qual Ataúde ainda tinha sonhos para o futuro. Fora vinte anos antes. Cansado depois de trinta anos trabalhando na mesma empresa, ele pediu para ser demitido. Saiu animado e investiu tudo na fabricação dos tais cossinetes, aparelhos que transformam pregos em parafusos.

Foram quase dois anos para desenvolver todos os moldes e fazer um cossinete de nível internacional. Ataúde era um desenvolvimentista orgulhoso e não queria fazer uma porcaria como aquela fabricada pela concorrência. Seu objetivo era grandioso: pretendia mostrar que a engenharia brasileira era capaz de superar a das multinacionais.

Foram os anos mais felizes de sua vida. Não estava mais preso no escritório, era um líder empresarial, trabalhava com seus amigos da Mooca, fazia algo de que gostava, era criativo e, em breve, ficaria milionário.

Nesse sonho, Ataúde gastou toda a grana dos trinta anos de fundo de garantia, o mesmo dinheiro que a esposa queria usar para comprar uma casa na praia e a filha para montar uma pizzaria. Mas Ataúde não se contentava com tão pouco, já estava cansado de ser classe média. Decidiu apostar alto e enriquecer.

No entanto, bem quando o produto estava para ser comercializado, estourou a crise do Collor. O país parou. Ele não conseguiu sequer começar a vender. É verdade que Ataúde, como qualquer homem dos anos 50, nunca tinha ouvido falar em marketing. Primeiro fez todo o desenvolvimento do produto para só depois pensar em sua comercialização. E nessa hora descobriu que seu cossinete era tecnicamente melhor que o gringo, mas sairia um pouco mais caro... E os dois vendedores consultados por ele acharam que nenhuma loja ia querer um cossinete nacional mais caro que o importado. Brasileiro tem de ser mais barato. Era um problema. Um problema que ele não sabia como superar. Seria seu último desafio, mas não chegou a ser cumprido. A grana acabou. Tudo parou. Ele ainda tinha esperanças, conseguiria reduzir o preço com um pouco mais de pesquisa de moldes e materiais. Mas era preciso esperar até que a crise passasse. Foi assim que dezenas de moldes e milhares de cossinetes passaram a ocupar o quintal da casa da família.

Os anos se passaram com a esposa de Ataúde sem quintal para estender as roupas no varal e gastando seus dias tentando liquidar as baratas que infestavam o local. Até que um dia, quando Ataúde voltou para casa, não tinha mais cossinete nenhum em seu quintal. A esposa, cansada das baratas, tinha ligado para o ferro-velho e mandado levar tudo. Ataúde ficou chocado. Pensou em protestar, mas não teve forças. Apenas se trancou em seu quarto e chorou baixinho.

A partir desse dia, ele nunca mais sonhou. E nunca mais trabalhou. Faz mais de vinte anos que tirou seu cérebro do ataque e partiu para a defesa, dedicando seus dias a fazer pequenas economias, como lavar pessoalmente as louças, deixando-as meio sujas para economizar detergente líquido de noventa centavos.

Mas agora os cossinetes estavam de novo diante dele. Era o símbolo dos sonhos da família, e também a prova maior de seu grande fracasso.

José e Ataúde decidiram fazer umas roscas para demonstrar a eficiência dos aparelhos. Estavam orgulhosos e conversavam animadamente sobre detalhes técnicos.

Foi nessa hora, enquanto observava a alegria do pai ao relembrar sua obra, que Márcio finalmente entendeu: Ataúde era um nacional desenvolvimentista que havia cometido o erro de acreditar no Brasil. Ele podia falar muita bobagem, mas numa coisa tinha razão: neste país só vencem na vida os especuladores e os golpistas. Quem trabalha não é recompensado. Seu pai tinha sido mesmo traído pela história.

Foram embora para casa. Márcio estava animadíssimo com as revelações daquele dia. Queria contar tudo ao pai, compartilhou seus pensamentos com ele. Ataúde o olhava de forma compreensiva e num silêncio nunca antes presenciado. Ao chegar em casa, convidou o filho para um café. Márcio estava cansado de tanto falar. Ataúde, sereno como nunca, limitou-se a perguntar:

– Você se lembra da Teoria do Medalhão?

Sim, Márcio lembrava. Era um conto do Machado de Assis que dera ao pai para ler num dia desses. Nessa história, um pai ensina o filho recém-chegado, aos 21 anos, a se tornar um futuro medalhão. Para isso, o filho deveria pôr de lado seu senso crítico e anular completamente sua individualidade, a fim de conseguir se moldar à sociedade e tornar-se uma figura proeminente dentro dela. Ataúde tinha adorado o conto, ficou falando nele por dias e dias.

– Lá ele explica tudo.

Foi então que finalmente verbalizou o que vinha pensando havia tempos: que tínhamos voltado a viver na época do Machado, que ainda vivíamos no regime de escravidão, que não passávamos de escravos libertos.

– Você está certo de não aguentar mais ouvir minhas opiniões. Não que elas não estejam certas. É que o certo mesmo é não ter opinião. Afinal, um escravo liberto só sobe na vida se não for orgulhoso, se for um humilde servo do sinhozinho. O segredo é conseguir anular a si mesmo, não ter opinião, ser um verdadeiro medalhão.

Por um instante, Márcio tentou consolar o pai, mas percebeu que ele não estava triste. Estava apenas fazendo um balanço da própria vida e apontando seu grande erro: acreditar que este país iria dar certo. Disse também que ele não tinha culpa de ter acreditado no Brasil, já que crescera em um país que ainda acreditava em si mesmo, que vivia uma revolução burguesa modernizante. Parecia que havia chegado o momento das oportunidades iguais, que as elites donas de tudo teriam de engolir a ascensão meritocrática.

– Mas por que você está me falando isso? Tudo isso é óbvio, todos nós sabemos. E eu não estou aqui querendo me desculpar contigo, nem justificar meus erros. Vamos ser práticos?

Márcio se impressionou. Naquela noite, Ataúde era o mais prático dos homens. Não queria mais saber de papo furado. Explicou que era evidente que o Brasil não havia colocado em prática nem nunca aceitaria a democratização das oportunidades.

– Com o crescimento do mercado financeiro, as elites reassumiram o controle do país e puseram um fim na tal revolução burguesa. Agora voltamos à época do Machado, e em breve só teremos duas classes: a elite e os pobres desesperados, que vão viver de esmolas do governo. É essa a situação do Brasil de hoje. Ou você vai para baixo ou para cima, não existe meio-termo. Ou vai ser milionário ou vai viver de bolsa-família. E isso não é uma crítica. Não estou reclamando. Estou só constatando a realidade. É importante que você saiba disso para saber como agir daqui para a frente.

E Ataúde continuou:

— Você só tem 30 anos, ainda está em tempo de agir. Ou, na verdade, não agir. É esse o caminho do sucesso. Você tem de aprender a ser humilde e submisso aos donos do dinheiro, a pedir a eles todo dia silenciosamente que o aceitem em seu restrito clube.

Tomou mais um gole e continuou, enfático:

— Preste bem atenção! Tudo o que eu lhe ensinei estava errado. Eduquei você para tentar ser o melhor que pudesse, um homem com dignidade. Nada disso importa no mundo de hoje. Somos uma espécie que só dá certo em meio a revoluções burguesas ou quando vive na mais completa lei da selva, no mundo de *Mad Max*. No mundo em que vivemos hoje, somos um completo fracasso. Você vai ter de se adaptar.

Deu uma longa pausa e olhou para o filho. Foi a vez dele tomar um grande gole, apenas para não ter de engolir a saliva em seco. O pai falava sério, e com uma vontade que Márcio não via havia anos.

— Agora você tem de aprender a ser um agregado da elite, um homem disponível, um bom moço. O ideal seria você ter estilo, charme, ser ator, mas para isso já é tarde. Não dá mais. Mas tem de ao menos ser muito humilde. E nunca, nunca mais ser crítico. Tem de estar sempre de bom astral, porque sua companhia precisa ser agradável para a elite. No Brasil, só fica rico quem os ricos convidam para ficar rico. Também não adianta ser disperso e fazer muitas coisas. Você tem de escolher alguns membros do clube dos ricos e investir apenas neles. Para furar o bloqueio social, tem de agir de forma concentrada, como uma broca. Se continuar disperso, vai continuar girando em volta do campo magnético da bolha da elite. Vai poder ver, mas nunca vai entrar na dança. Para entrar, você tem de focar num único ponto e botar toda sua energia lá.

Ataúde estava de pé, falando com uma animação nunca vista:

– Vencer na vida, no Brasil, não é como fazer negócio ou inventar um produto. Não é criação. Aqui a coisa se parece mais com política. Só que não é eleição direta, é indicação para cargo biônico. É tipo ser suplente de senador: não precisa ter voto, não precisa ser inteligente, só precisa de um convite. E, antes de tudo, precisa provar que é fiel à elite.

Sentou-se ao lado do filho e concluiu carinhoso:

– Mas o principal é: não adianta fingir que é fiel. Tem de ser realmente. Por isso não adianta ser cínico. Tem de ser sincero. O ideal é treinar a fé. Sei que nunca o levei à igreja, mas deveria. Ali você treina humildade diante de um Deus, treina fé, treina entrega. Treine isso na igreja e aplique com os homens da elite. Seja fiel como um cachorrinho. E seja fiel até nem lembrar mais que está sendo fiel. Transforme sua fidelidade em algo natural. Neutralize sua mente até parar de pensar. Entregue-se de corpo e alma a eles. Quando conseguir fazer isso, será um verdadeiro medalhão.

Ataúde se levantou e tomou o caminho do quarto.

– Agora me dê licença que vou dormir. Você pode fechar a casa?

O filho não sabia ao certo o que dizer, apenas concordou.

Já saindo, o pai se virou mais uma vez.

– E uma última coisa: eu não tenho mais forças para me transformar. Vou ser sempre crítico, sempre orgulhoso, tudo o que eu sempre fui. Por isso, você tem de ser forte. Se necessário, afaste-se de mim, meu filho, porque eu já perdi. Nunca fui um medalhão. Mas você ainda pode ser.

Março de 2008

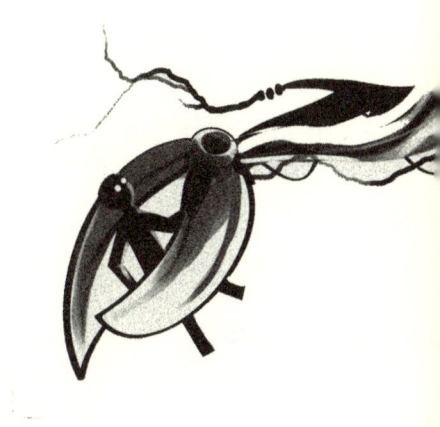

FRACASSADO

— Oi, Paula, tudo bem?
— Leandro?... Você por aqui?
— É... Tudo bem?
— Tudo...
— E aí... O que tu estás fazendo?
— Estou bebendo com meus amigos. E você?
— Idem.
— Mas você estava sozinho...
— Mas não estou mais, né? Posso?
— À vontade.
Leandro se senta e enche um copo. Depois pergunta:
— E aí? O que tu fizeste esses anos?
— Estudei.
— Dança?
— É...
— Em Londres?
— Anda bem informado, hein?
— Encontrei tua irmã, a Anita.
— Ela me falou de ti.
— Falou bem ou mal?
— Bem ou mal o quê?
— A tua irmã.
— Bem... Ela está bem.
— Mas o que ela te disse?
— Sobre o quê?
— Sobre mim, ué...
— Ah, sobre ti... nada...
— Você não disse que ela falou de mim?
— Disse.

– Então ela não pode não ter falado nada.
– Não... quase nada. Nada de especial.
– É diferente de nada...
– É pior, né? Melhor não falar nada.
– Tem razão...

Pausa. Paula é linda. Leandro já foi melhorzinho, mas está meio barrigudo. Aliás, bem barrigudo.

– E você, como passou esses anos todos?
– Ah, eu fracassei.
– Fracassou?
– Fracassei.

Leandro sorri, confiante. E toma mais um gole de cerveja.

– Você não parece fracassado...
– Mas não sou um fracassado!
– Mas você não disse que fracassou?
– Fracassei... é verdade. Mas não sou um fracassado.
– Quem fracassou é fracassado.
– Não é, não... Eu nunca vou ser um fracassado. Só fracassei nos últimos anos.
– E não está fracassado?
– De jeito nenhum, estou muito bem. Depois que eu concluí que fracassei, minha vida melhorou muito.

Paula sorri.

– Você sempre foi meio louco mesmo.
– Louco nada...
– Louco, sim. Gostar de fracassar é coisa de louco.
– Mas eu não gostei de fracassar.
– Então eu não entendo.

— Eu apenas gostei de saber que fracassei. Sabendo disso, eu paro de me dedicar ao plano anterior e posso me dedicar ao próximo plano. Um novo mundo se abriu para mim.

Leandro toma outro gole, otimista. Paula pergunta:

— E qual era seu plano anterior?

— Dominar o campo intelectual do audiovisual brasileiro.

— Campo do quê?

— É muito chato de explicar e também não interessa. Não deu certo mesmo. O que interessa é entender que um homem que fracassou não é necessariamente um fracassado. Depende dele.

— Eu ainda prefiro ser bem-sucedida.

— Engano teu. Ser bem-sucedido é quase tão ruim quanto ser fracassado.

— Por que, uai?

— Os dois são estágios fixos. Tudo que é eterno é chato.... Mas você está linda mesmo, hein?

— Demorou em dizer.

— É que tu não me deste tempo, com esse papo de fracasso.

— Foi você quem começou.

— Mas já parei.

— Agora é tarde.

— Tarde da noite. Hora ótima para aprontarmos...

— Aprontarmos o quê?

— O que quiseres.

— Não quero nada...

Ficam em longo silêncio. Leandro toma mais um gole de cerveja.
– Vamos combinar para amanhã, então?
– Combinar o quê?
– De aprontar.
– Aprontar o quê?
– O que quiseres...
– Não quero nada...
– Então tá, combinado. Fazer nada... deixe eu ver minha agenda... – ele abre uma agendinha velha e olha com muita atenção. – Bem... Que tal amanhã às 11 da noite?
Paula sorri e conclui:
– Tá bom...
– Pode ser aqui mesmo ou prefere outro lugar?
Paula sorri e responde rápido:
– Outro lugar...
Paula pensa um pouco e continua.
– Que tal na sua casa?
Quem sorri agora é Leandro.

Setembro de 2007

O DIA EM QUE O CRUSP SE AUTOGERIU

São por volta das 3 e meia da tarde. Júlio e Rodrigo entram fazendo barulho no apartamento 302 do Crusp, alojamento universitário da USP. Bimboca acorda de ressaca e vê Joana dormindo ao seu lado. Sente fome: o que terá no bandejão? Levanta-se para comer. Cruza com Júlio:

— E aí, cara? Quer um pega?

— Só.

Erva era o que não faltava. Desde que o campus ganhou autonomia total e administração estudantil, a polícia foi expulsa daqui e passamos a viver uma permanente Woodstock.

— Que que rola no bandeia? — pergunta Bimboca enquanto dá um longo pega.

— Lasanha.

— Supimpa!

Bimboca está na USP há quase trinta anos. Participou do tempo mítico das lutas estudantis, quando o reitor era eleito indiretamente e ainda havia seleção para entrar no Crusp. Agora tudo mudou e os estudantes da USP vivem numa paz permanente. Ou quase permanente:

— Gente, hoje tem manifestação! — é a voz de Márcio, que entra subitamente no quarto convocando os estudantes. Aluno de letras, líder estudantil há 35 anos, Márcio já foi duas vezes reitor e agora voltou a ser presidente do imenso complexo Crusp.

Bimboca sente vagamente que Márcio é um chato. Sempre falando do corte de verbas etc. etc. etc. Mas

Júlio e Rodrigo não pensam assim: adoram seu líder e vivem lembrando que foi na sua gestão que o Crusp se ampliara indefinidamente, multiplicando em dezenas de vezes seu número de vagas e permitindo a permanência de alunos jubilados como eles... Mesmo com a dificuldade que têm de articular palavras, Júlio e Rodrigo contam sempre para as jovens namoradas a mítica reforma que transformou em alojamento as salas de aula das hoje extintas unidades capitalistas: a FEA e a Politécnica.

– Gente, o governo neoliberal está investindo firme contra nós! Cortaram de vez os quinhentos reais do subsídio da pesquisa científica, alegando que não produzimos nada que preste. Eles querem é frear o pensamento vivo deste país, a última frente de resistência. Eles querem é...

Márcio continua falando e Bimboca dá mais um trago. Se conseguisse pensar, mandaria se foder o subsídio à pesquisa: ninguém ali pesquisa mesmo. O importante são as hortas comunitárias e a experiência de vida diferente que levamos ali. Além do que, essas manifestações não dão em nada mesmo, nunca deram. O governo e a população estão cagando e andando para o que resta da USP, especialmente depois que a Poli e a FEA, cansadas da administração estudantil filosófica dos reitores eleitos diretamente, foram privatizadas e saíram do campus, levando inclusive os bons e cansados professores da FFLCH.

–... Frear a vanguarda estudantil que comanda democraticamente a reitoria!

Joana finalmente acordou. Era bonitinha, tinha 22 anos e diz fazer sociologia. Fugiu da casa dos pais, odeia o capitalismo e prega o sexo livre. Senta-se ao lado de Júlio para fazer ciúme para Bimboca. Sempre a mesma coisa. É amada por todos, trepa com todos, mas não fica com nenhum. Ainda é novinha, pode escapar, mas não escapará: será definitivamente absorvida na "vida universitária" e ficará para sempre ali. Será mais uma das tias do Crusp. Mas no momento ela não pensa nisso: é a rainha do Crusp, a musa dos filósofos da USP. Joana entra mais uma vez para dentro de si e de seus pensamentos confusos, respira fundo e faz aquele ar misterioso que fascinava os filósofos presentes.

É apenas mais um dia comum no campus da USP, no ano de 2050. Apesar de tudo, é um bom lugar para morar. Apenas filósofos e sociólogos morando num imenso e aconchegante Crusp. Longe do capitalismo e longe da vida, todos ali vivem em paz.

Março de 2001

O AMOR HOJE

— E aí, Lu, vai ficar enrolando até quando?
— Não sei...
— Não sabe o quê? O Júlio tá louco por ti, menina. Comece a namorá-lo, aí a gente sai de casal.
— Mas é que ele...
— Ele o quê?
— Nada, não, coisa minha...
— Ele o quê?
— É que ele...
— Vai, diz!
— Ele... — ela se aproxima do ouvido da outra e diz baixinho e bem lentamente — é que ele coça o cu.
— O quê?
— Coça o cu! Com a mão assim, ó, no meio do cu.
— Ah, pára!
— Vai dizer que tu nunca viu?
Pequena pausa, a amiga olha meio de lado, mas confirma.
— Já vi, sim... Mas e daí?
— Sei lá, é nojento!
— Que nada. Ele coça sempre por cima da calça... Por cima dos panos. Eu nunca vi ele botando a mão por dentro.
— Mas deve pôr... Na casa dele deve pôr.
— Não acho. Tu já está especulando.
Pequena pausa, Luíza cabisbaixa. A amiga conclui:
— E tu vai deixar de namorá-lo só por causa disso?
Na verdade, não era só isso. Luíza achava Júlio estranho. Não que ela ligasse para atração física, a mãe

dela já tinha explicado: isso vem com o tempo. E depois passa logo mesmo, não dura quase nada. Por isso, para Luíza a beleza não tinha muita importância. Não era isso! É que ela achava Júlio estranho.

É claro que seria bom namorá-lo. Luíza já tinha 20 anos, estava no segundo ano de faculdade e ainda não tinha namorado. Fazia falta. Não pelo namorado em si, mais pelas amigas. Elas tinham um grupinho, saíam juntas e tal. E ela sempre sozinha, sem namorado... Sabe como é, não dava para ir ao cinema com a turma.

Luíza sabia também que não era fácil arrumar homem bom para casar hoje em dia. A maioria era comedor, e isso não dá! Não que ela tivesse ciúme de homem, não era isso, nada a ver. Por ela, o marido poderia transar com quem quisesse, é a vida dele, não a dela. Ela crescera vendo o exemplo do pai e da mãe, um bom casal, digno, correto, construído na base da união da família, e não em ciúme bobo. O pai saía sempre à noite, tinha uma ou várias amantes. Quem é que sabia? Devia ter várias. Mas a mãe dela fazia vista grossa. Normal, o importante era manter a família unida. Como a mãe lhe confidenciou uma vez: "Tudo bem, o importante é que ele nunca deixa faltar nada em casa". E no íntimo pensava coisas que nem para a filha ela contava: "E até que é bom ele ter essas amantes fora de casa. Assim eu posso ficar mais tempo sozinha e ver novela sem ninguém para me encher!".

Luíza pensava como a mãe, não tinha grandes ilusões românticas. Mas não queria casar com homem comedor. Não, homem comedor não dá! Não por ciúme, mas é que hoje o mundo mudou muito. Tem a AIDS. A AIDS. Mesmo em pensamento, Luíza via a aids sempre em letra maiúscula: a AIDS. Um dia, leu uma matéria sobre mulheres que foram contaminadas por maridos traidores. Pegaram AIDS. AIDS! Depois de ler a matéria, saiu repetindo a história e o final (pegaram AIDS, AIDS!!!) para cada uma das amigas. "Horrível, meu Deus! Em que mundo estamos? Hoje, nem dentro de casa estamos seguras. O que pode ser pior do que ser contaminada na minha cama, no meu quarto? Não dá mais para confiar em ninguém." Melhor mesmo é usar camisinha, mesmo em casa. A mãe disse que não dá, que o marido vai reclamar. Mas Luíza pensou, pensou e concluiu: "Quando for casada, vou exigir que ele use preservativo. O que é que custa, meu Deus? Um real? Mas camisinha não é suficiente. Ela estoura. Por isso, é sempre melhor garantir, melhor casar com um homem fiel". Por isso ela já tinha definido: homem comedor não dá.

Mas você sabe como é o mundo hoje, né? Não é fácil achar homens de confiança. Por isso, Luíza e as amigas optaram pelos meninos de sua classe mesmo. Os mais bobinhos, calminhos e tal. "Nada de aventuras", diziam entre si.

Era por tudo isso que Luíza sabia que tinha de namorar o Júlio. Todas as amigas torciam pelo novo casal. E Júlio jamais a trairia, disso todos tinham certeza. O Júlio? Imagina. Júlio era o homem ideal.

Mas Luíza ainda resistia. Sei lá, achava ele meio estranho. Não que Júlio fosse inteiramente mongo. Mas era um pouco. Inteiramente ele não era, afinal, tinha passado na Fuvest, curso de jornalismo, um dos mais concorridos.

Ele tinha, digamos, uma inteligência especial. Para certas coisas, era realmente um gênio. Bastava perguntar quanto é 10 mil divididos por 433,4 que Júlio dizia a resposta na hora. Não sei como fazia isso, mas fazia. Era um gênio.

E não é verdade que Júlio fosse violento... Era um pouco estourado, mas dava para controlar. Bastava não mexer com ele. Quando bateu naquele veterano no ano passado, caiu em cima dele, socou, socou, quebrou o nariz do cara e tudo... É... Forte o Júlio era, fortíssimo, foi dificílimo tirá-lo de cima do cara, parecia cachorro trepando. Mas isso não era comum. Que eu saiba, foi só aquela vez que Júlio agiu de forma violenta. Em geral, era um bom menino. E só socou o cara porque ele ficou provocando, fazendo perguntas matemáticas e rindo, rindo muito. Júlio odiava isso, odiava perguntas! Quando alguém perguntava, ele não se controlava e respondia, sempre respondia. Mas ficava bravo, odiava isso, sentia-se usado, anormal, anão de circo... Nessas horas, Júlio se lembrava da infância, daqueles testes todos, horríveis... Odiava isso.

Mas, passado esse momento inicial da faculdade, Júlio já era quase normal. Não era mais violento, ao contrário, era feliz. Feliz até demais, digamos. Mas feliz. Ajudava a todos em tudo, passava o dia no Centro Acadêmico, virou quase um líder estudantil, diretor de eventos. Na prática, passava o dia organizando festas, carregando caixas para cima e para baixo. E rindo muito. Júlio sempre ria muito.

É... Júlio era feliz... E mesmo assim Luíza estranhava.

Mas finalmente aconteceu. Era uma festa do Centro Acadêmico. Luíza não gostava muito de festa, preferia fazer fondue, essas coisas mais caseiras. Mas tinha de ir ao baile. Até sua mãe dizia: "Às vezes tem de ir!".

Já era tarde da noite e Júlio ainda dançava como um louco. Um mongo mesmo. Desengonçado. Suado. Luíza não viu Júlio coçar o cu, mas devia estar, ele sempre coça. E, além de coçar, ele pulava muito. Muito.

Luíza ficou num canto. Estava linda. Eu ainda não disse, mas a Luíza era linda. Apagadinha, meio sem sal, pouco chamativa, mas linda. Em dia de festa, colocava uma maquiagem básica e ficava linda.

Júlio veio e a chamou ofegante:

– Vamos dançar?

Ela negou, educadamente.

As amigas faziam sinais: "Fica com ele! Fica com ele!".

Luíza e Júlio sentaram num sofá velho. Ele começou a contar episódios estranhos, ria muito, ria muito, falava alto, cuspia, cuspia. Até que colocou a mão na perna dela.

Júlio falava, mas Luíza não ouvia. Só pensava. Ela pensou, pensou e concluiu: "Vai ter de ser!".

Pela primeira vez, Luíza olhou para Júlio. Ele parou de falar. Eles ficaram em silêncio por um instante. E ele a beijou. Como eu já tinha dito, Júlio não era totalmente mongo. Era mais a aparência. Agora estava claro: espertinho ele era. Foi um beijo meio molhado, Luíza não gostou. Odiava beijo de língua. Mas tudo bem, não era importante. Esse tipo de coisa ela poderia corrigir aos poucos.

O importante, para Luíza, é que ela tinha conseguido o namorado. Nesse instante, surgiu no mundo mais um casal feliz.

Setembro de 2005

HOTEL DO SAULO

Conto escrito por Newton Cannito baseado em roteiro de Eduardo Benaim e Newton Cannito

— SAULO!!!!!!!!!!!!!!!!!!!!!!!!!!!!!

Ela, que gritava, era linda. Pequena, mignon, cabelos pretos encaracolados, rosto meigo. E mimada. Criada em berço de ouro. Mirta era seu nome.

Ele, coitado, não era lá essas coisas. Alto, gordo, desengonçado. Aliás, não sei se era gordo. Era difícil saber, ele usava sempre camisas muito largas e sobre a calça. Além do boné. Mas devia ser gordo, sim, e com certeza era muito forte.

Mas o fortão, ao grito dela, se desmanchava. Na hora desse grito, em especial, ele estava assistindo à tevê. Esparramado no sofá, com uma lata de cerveja na mão, os pés sobre a mesa, ele ria feliz de alguma palhaçada de baixo nível.

— SAULO!!!!!!!!!!!!!!

Mas ao grito dela ele pulou assustado, derrubando um vaso na mesa.

— Oi, o que que é?
— Vem aqui, ué!

Ela, na hora do grito, estava cortando nabo. Agora olhava para a frente com a faca na mão, aguardando Saulo chegar. Mirta gostava de cozinhar, fez até curso no Senac, pensava em ser chef de restaurante chique um dia. Mas agora estava apenas cozinhando uma torta, meio que por hobby. Mas não sabia cozinhar sem assistente. Saulo era o assistente ideal.

– Vem aqui, ué!

– Tô indo, Mirta, tô indo!

Ele correu para a cozinha, afobado, mas feliz. Essa era a vida que ele pedira a Deus. Uma casa no campo, antena parabólica com canal de filmes – até canal adulto ele tinha – e uma linda mulher. Uma linda mulher para lhe fazer companhia, para lhe dar ordens, para pôr ordem no caos que era sua vida.

– Me ajuda a cortar os legumes.

– Deixa comigo.

Ele cortava o legume feliz, enquanto ela discorria longamente sobre seu sonho de um dia ter um restaurante de comida mediterrânea e situado numa praia. Ele, que não sabia o que era comida mediterrânea, mas adorava uma praia, chegava até a pensar que, quem sabe, poderia fazer parte daquele futuro.

Agora já é noite.

Saulo, que sempre foi desleixado, está a cada dia cuidando mais de si. Influência direta de Mirta. Ele tem pensado muito em decoração. Comprou pequenos objetos, umas miniaturas para enfeitar.

No momento, está pregando um lagarto colorido na parede. E quer a opinião de Mirta sobre o local adequado:

– O que cê acha? Aqui está bom?

Mas Mirta não participa da vida de Saulo. Ela assiste à tevê e come pipoca com manteiga. Na tela rola um documentário sensacionalista chamado Violência S.A., com cenas de violência explícita. Mirta parece vidrada, não tira o olho da tela, mas mantém atento seu senso crítico:

– Odeio esse tipo de programa!

Saulo, alegre como um cão, nem mesmo percebe a falta de atenção. Ele larga o lagarto e senta ao lado dela

– Por que você não coloca aquele filminho?

Ele se aproxima um pouco mais e ainda pergunta, insinuante, e conclui:

– É... comédia romântica.

Mirta se afasta um pouco dele. Troca de canal e coloca no Pinky e Cérebro. Ambos olham para a tela, e ela continua a comer a pipoca. Eles não se falam.

Amaro entra na sala. Ele tem 30, é baixinho, ágil, esperto. Passa com tudo em frente à televisão, nem os cumprimenta. O clima é tenso.

Mirta olha fixamente para a frente. Amaro puxa uma cadeira que fica ao lado do sofá, perto de Mirta. Senta-se ao lado dela.

O silêncio continua. Pinky e Cérebro segue passando na tela. Até que Amaro diz:

– Bota logo no que interessa!

Imediatamente, Mirta troca de canal e volta ao documentário sensacionalista. Amaro volta a falar, enquanto olha para a tela:

– Cancelaram.

– Cancelaram? – pergunta Mirta, quase indignada.

– Como assim? – diz Saulo, surpreso.

– Adiaram... O pessoal só vai chegar depois de amanhã. Problema com o transporte.

Saulo e Mirta entreolham-se curiosos. Amaro conclui orgulhoso:

– Mas parece que esses vão ficar pelo menos um mês.

Por um segundo, Saulo e Mirta se olham. Mas logo voltam a olhar para a frente. Novo silêncio. Amaro dá uma olhada para Saulo, inquisitivo. Saulo fala para Mirta.

– Mirta, é melhor você já ir se recolhendo.

Ela acata, submissa:

– Tá bom.

Mirta se levanta e vai saindo com o saco de pipoca na mão. Amaro a interrompe:

– Ohh, mulher!!!!!!!! Tá louca!?

Mirta volta e entrega o pacote de pipoca nas mãos de Amaro. E sai. Ele joga o pacote sobre o sofá.

Agora Amaro e Saulo assistem à tevê sozinhos.

– SAULO!!!!!!!!!

Saulo estava sentado vendo tevê. E quem gritava agora era Amaro. Saulo corre para ajudá-lo. Ele sempre foi um amigão. Quando jovem, passava o dia conversando com os amigos na rua da Vila Sônia. Eles ficavam só trocando idéia. Saulo sempre foi boa companhia. Saulo é o melhor amigo do homem. E o homem, no caso, sempre foi o Amaro. Toda correria que Amaro fazia ele levava Saulo junto. Ele topava qualquer parada e, tal como um cão labrador, era um caçador sem maldade, de bom astral e com total disponibilidade:

– Saulo! Ajuda aqui, porra!

Saulo chega à garagem e vê o porta-malas do carro aberto. Além de Saulo e Amaro estão Wallace e Deco, que passam carregando um grande saco. Saulo e Amaro levantam outro e começam a subir as escadas, enquanto Amaro puxa papo:

– Os negócios vão dar uma caída. Eu vi lá a estatística. Parece que, quanto mais a coisa chega perto da eleição, pior fica. Ou os homens se agilizam, ou...

– ...Vamos ter de ganhar em algum desses concursos aí, diz Saulo, todo animado.

– A Neide mandou uma carta...

– Carta? Ih, Amaro, assim não ganha. Esses concursos não são feitos para a gente participar, não...

– Ué, onde é que está escrito que a Neide não pode participar?

De repente, o saco se mexe com força. Amaro larga a sua parte e o saco bate com a cabeça no chão. Mas continua se mexendo. Amaro, furioso, grita para Wallace:

– Puta que o pariu... Ó, ceis dois! Era pra tá dormindo, porra!

Saulo também larga o saco, que continua pulando como pipoca. Saulo olha abobalhado, enquanto Amaro tenta segurá-lo:

– Ajuda aí, porra!

Saulo entende que agora é com ele. Concentra-se, respira fundo e dá um grande chute no saco. Um baita chute. O saco pára imediatamente de se mexer. Amaro, cansado, senta sobre o saco e respira fundo. Acende um cigarro.

Wallace e Deco olham, curiosos. Saulo continua o papo do concurso:

– Com carta nunca se ganha, Amaro. Tá escrito na televisão. Esse negócio de concurso é assim que funciona: quando só aparece www na tela, quer dizer que já está acertado antes. Só ganham pessoas que usam computador.

Amaro dá um grande trago no cigarro.

– É... se a gente quiser que isso aqui cresça, vamos ter de comprar um computador mesmo, mais cedo ou mais tarde.

– Se continuar chegando hóspede... diz Saulo com imensa felicidade no coração.

O computador era o que faltava para a casa ser perfeita. Quando chegou, foi aquela alegria. Saulo e Amaro não sabiam nada de computação, mas Mirta era uma ótima professora.

Saulo adorava ficar sentado ao lado dela, bem pertinho, vendo a mão dela tocar no mouse, ou tocando ele mesmo no mouse com a mão dela em cima da dele, dando aula. Era tudo o que Saulo queria. No momento, Mirta ensinava Saulo a jogar um jogo bem infantil, que ela escolhera especialmente para ele. "Classe especial", ela dizia, irônica. Mas feliz. Sim, pois Mirta estava curtindo. Ela adorava criança, e Saulo é um baita meninão. Mas...

– Socorro. Tirem-me daqui!

O grito vem do cômodo da desova. Era lá que prendiam os hóspedes. Saulo e Mirta interrompem o jogo por um instante. Saulo fica constrangido, Mirta, tensa. Mas logo voltam a jogar. Mas a voz também volta agora em completo desespero:

– É Saulo, né? Já sei seu nome! Amaro! Tá tudo guardado, vocês vão se foder!

Novas batidas na porta. Saulo não sabe o que fazer. Amaro atravessa a sala, enfurecido, transpirando e com um porrete na mão.

Mirta e Saulo olham ele passar.

Amaro entra com tudo no cômodo da desova.

Mirta e Saulo ficam em frente ao micro, ouvindo os gritos da surra. A pancadaria é violenta. Saulo não se mexe. Ele perde a partida. Game over. Até que Amaro abre a porta:

– Porra, Saulo! Vai ficar brincando aí? Só eu que trabalho? Vem dar uma mão, pô!

Mirta põe a mão sobre as mãos de Saulo. Saulo vira-se para Mirta e a fita nos olhos. Mirta suplica:

– Não vai, não...

Lá dentro, a surra continua. O refém volta a gritar.

Saulo hesita uns segundos, fitando Mirta, até que decide, tira suas mãos da mão dela e parte determinado. Entra no cômodo da desova. Mirta olha assustada e fica sozinha, ouvindo a surra. O som agora é fortíssimo, os gritos aumentam. Após uns instantes, o refém consegue falar, chorando, suplicando:

– Por favor, pára, desculpa!

– Cala essa boca, porra!!

Saulo não hesita e segue a surra. Mais pancadaria, e o som pára subitamente.

Mirta, sozinha, olha para a saída.

O som do chuveiro de Mirta domina toda a sala. Ou, ao menos, domina Saulo. Sentado numa cadeira próxima à porta do banheiro, Saulo está completamente hipnotizado pelo som do chuveiro.

Amaro está no computador, fazendo contas na calculadora. Ele percebe o olhar de Saulo e comenta:

– Mulherão ela, né?

Amaro continua as contas e conclui: mas não é para o seu bico, rapá!

Saulo está perturbado. Gosta de pensar em Mirta como moça para cuidar, para casar, para ter filho! Amaro sabe disso e o provoca:

— Casar com essa aí? Não viaja, mermão. Se é pra casar, tem de casar com mulher certa. Uma mulher que tenha futuro. Tu não percebeu que os homens do Wallace fizeram cagada? Nós não vamos receber nada. Só quero ver como é que vai ser.

Saulo se levanta, furioso. Quase derruba a cadeira. Ele sabe o que pode rolar e não quer nem pensar.

Amaro se solidariza com o amigo. Chega perto dele, carinhoso, tal como o dono que dá biscoito ao cão feroz:

— Tá nervoso? Quer boceta, né, malandro?

Saulo gosta da proximidade de Amaro. Isso o acalma. Amaro conclui:

— Então pode ficar tranquilo: hoje vai ter festinha. Investimento. Para melhorar o desempenho dos funcionários.

Saulo sempre gostou das festinhas de Amaro. O dono chamava todas as suas amigas da noite e seus colegas de trampo. Essa também foi animada. Foi uma gritaria só, todos se divertiram. Exceto Saulo. Dessa vez, Saulo não curtiu. Durante toda a festa ele ficou num canto, deprimido. Nem a famosa bunda na cara, uma das brincadeiras preferidas de Amaro, conseguiu animá-lo. Esse aí, nem cheiro de cu levanta, comentou um amigo. Mas foi o último comentário dele. Logo depois, todos se entregaram à festa e esqueceram Saulo, que seguiu ali, sentado, olhando para a porta do quarto de Mirta.

É uma linda manhã de primavera. Mirta abre a porta e vê Saulo, Amaro e alguns amigos dormindo espalhados pela sala. Ela pula a janela, cuidadosa. Cai numa laje. Vê um grande estacionamento. Pula da laje e começa a correr em meio aos carros, sem saber onde é a saída daquele labirinto. Agoniada, olha para os lados, não sabe a quem pedir ajuda. Até que dá de cara com dois homens: Paulão e Beto.

– Tua vez! – diz Paulão logo após colocar sua peça.

Eles vestem macacões e estão hiperconcentrados num jogo de dominó. Ela chega desesperada até eles:

– Vocês têm de me ajudar, por favor, eu fui sequestrada, eu preciso sair daqui.

Eles continuam jogando, sem olhar para ela. Ela cai de joelhos, perto deles:

– Por favor, me ajudem.

– Quem é essa? – Paulão pergunta para Beto, ainda sem olhar no olho dela.

– Deve ser lá do hotel do Saulo. Ó, moça, dá licença, vai, a gente tá no meio do jogo.

Beto diz isso como quem espanta um cachorro faminto. Mirta não compreende. Mas se levanta e sai correndo, cambaleante.

Ela segue correndo, em meio ao labirinto sem fim. Até que, cansada, cai novamente no chão.

Ao seu lado ela vê dois pés. Ela levanta a cabeça vagarosamente com medo do que vai encontrar. E encontra Saulo, tranquilo, tomando água direto da garrafa.

– Quer?

Ela, desconsolada, aceita e toma um grande gole.

Saulo está novamente sentado em sua cadeira, bem em frente ao cômodo da desova.

Amaro está sentado em frente ao computador. Ele lê um catálogo de ofertas (tipo classificados) e, com a caneta, faz círculos em promoções que pedem endereço "com www". Toca o telefone celular que está na ponta da mesinha, entre eles. Ambos correm para atender, mas Amaro chega antes.

Saulo fica ao seu lado, ansioso para saber o que rola, mas ouvindo apenas a voz de Amaro:

– Ôpa... só tô eu e o Saulo. É mesmo?... Porra. Tá bom... Fica tranquilo. Nosso serviço a gente faz.

Amaro desliga o telefone com cara de decepção. Saulo pergunta, ansioso:

– E aí, o que decidiram?

– Te falei... Foi engano, não pagaram. Não vai ter jeito mesmo...

Saulo se desespera e soca a porta.

– Que merda! Que familinha mais mão-de-vaca!

Amaro levanta e chega carinhoso perto de Saulo. Dá um tapinha em seu ombro e diz:

– Se você quiser, dessa vez eu mesmo resolvo...

Silêncio. Saulo levanta e abraça Amaro, põe a cabeça em seu ombro. Um abraço fraterno entre amigos. Amaro se afasta. Ele tem de fazer logo, sem hesitar. Vai até a porta, abre-a. Saulo observa a partida do amigo. Mas o interrompe:

– Amaro!

Amaro se vira e olha para Saulo.

– Deixa que eu mesmo faço. Essa é minha função.

Amaro se surpreende com a coragem do amigo. Mas deixa. Saulo anda em direção ao quarto, decidido. Passa por Amaro que olha para ele, orgulhoso.

Saulo entra no quarto e some na escuridão. Ainda na sala, Amaro ouve atento a fala de Mirta:

– Saulo... O quê? Não...

Após isso, ouvem-se apenas gritos horríveis. E depois o silêncio completo. Amaro ouve tudo com o olhar para o infinito e depois conclui:

– Puta profissional.

O enterro de Mirta não foi fácil. Mas Saulo se manteve íntegro. Amaro é quem tentava consolá-lo.

– Não fica assim, Saulo. A vida é assim mesmo. Uns vêm, outros vão. Dinheiro entra, dinheiro sai. Hoje mesmo chega a nova hóspede.

E realmente Amaro era um sábio, ele entendia que a vida é um ciclo de morte e renascimento. Thayná chegou no dia seguinte, linda com nunca. Menina do interior, filha de fazendeiro, essa é mesmo para casar. Os dias voltaram ao normal e Saulo, após a resistência inicial, esqueceu Mirta e se entregou a Thayná. Agora era ela que dominava seus sonhos e seu dia:

– SAULO!

Ao ouvir o grito de Thayná, Saulo logo se anima. E parte para ajudar sua dona.

A ordem voltara e a vida segue seu rumo natural no Hotel do Saulo.

Julho de 2008

A TRISTE HISTÓRIA DO MENINO-GIRASSOL

É dia de Natal. É uma festa de família.
Ali, num canto da sala, podemos ver Júnior espancando sua avó.
Júnior é alto, magro, de aparelho ortodôntico, quieto, muito quieto. E meio fanho. E está espancando a avó. Finalmente, aos 16 anos, Júnior conseguiu. Está espancando a avó.

A última vez que vi Júnior foi há quatro anos. Era seu décimo segundo aniversário. Naquela época, ele nunca tinha espancado ninguém. Mas já tinha vontade. Naquele dia era visível que Júnior tinha isso em mente.
E era tudo culpa da fantasia de girassol.
Não que Júnior tivesse algo contra os girassóis. Ainda não tinha tido aula de biologia, não tinha muita noção de botânica. Gostava mesmo era de motocicletas. Mas odiava a fantasia de girassol. Para ele, era uma das coisas mais horríveis já feitas pela tesoura afiada da avó costureira. Foi nesse dia, aliás, que Júnior reparou na tesoura. E pensou em usos inusitados para sua ponta afiada, pois realmente odiava a fantasia de girassol.
Na opinião de Júnior, o pior não era a cor verde-amarela da bandeira brasileira. Nem o calor sufocante da roupa fechada, mesmo num dia de sol intenso. Tudo isso era horrível, mas ele era capaz de suportar. O pior mesmo eram aquelas folhas em volta do rosto marrom do menino-girassol. As folhas o incomodavam muito. E

pior ainda era a tinta. Dava muita coceira. E Júnior sempre foi muito sensível. Era alérgico a muitas coisas. Entre elas vários tipos de tinta. Inclusive as tintas marrons que pintam o rosto de meninos-girassóis.

Naquele feliz dia de sol, Júnior foi a única criança que não brincou na festa. Em parte porque nem era mais tão criança. Seus coleguinhas de escola tinham 8 anos, quatro a menos que ele. É que Júnior, coitadinho, não era muito inteligente. Foi reprovado na escola várias vezes. E também não tinha coleguinhas na rua. É que ele, coitadinho, não podia sair à rua. Afinal, ele era muito frágil. E as ruas de São Paulo são muito perigosas.

É verdade que Júnior brincou muito pouco. Mas muitos brincaram com ele. Para os meninos de 8 anos, aquele garoto fanho, alto, magro e vestido de girassol era uma das atrações da festa.

Já para o aniversariante, a festa se resumiu a ficar parado num canto com calor e coceira. Durante alguns breves e esparsos instantes, Júnior era humilhado pelos amiguinhos. Esses eram seus momentos preferidos. Era neles que Júnior conseguia esquecer o calor da roupa para sentir um pouco de calor humano. Pena que por pouco tempo. Sua mãe, muito cuidadosa, afastava os coleguinhas que zoavam com Júnior. E ele voltava a ficar sozinho, a sentir calor e coceira. Uma coceira horrível. E o pior, uma coceira impossível de ser aliviada, já que a avó, também muito cuidadosa, não deixava Júnior coçar o rosto. Afinal, se ele coçasse o rosto iria desfazer a pintura de menino-girassol.

Mas havia outras coisas incomodando Júnior naquela noite. A principal eram aquelas inúmeras pessoas senis que, copiando cenas de harmonia familiar de filmes conservadores da década de 1950, o cercavam para mexer em suas folhas amarelas e em suas bochechas marrons. Júnior não sabia por quê, mas gostava mais de ser humilhado com sinceridade por garotos de 8 anos do que ser elogiado com falsidade por adultos senis.

Essa foi a festa de Júnior. Ele fazia 12 anos nesse dia.

Só voltei a vê-lo hoje, quatro anos depois. Ele está no supletivo, tentando recuperar os anos perdidos. Mesmo tendo 16, sua avó, muito cuidadosa, ainda não se conforma com o fato de ele já poder ir sozinho ao banheiro. Para ela, ainda é um pouco cedo. Coitadinho, ele ainda não sabe fazer sozinho.

Foi só então que descobri que Júnior não é retardado. É que, à boca pequena, todos na família diziam que ele tinha "problemas". Afinal, não falava nada, vivia nervoso, irritado, era constantemente reprovado. Mas hoje eu descobri que ele não fala nada simplesmente porque nunca ninguém conversou com ele. Isso acontece porque sua mãe e sua avó, muito cuidadosas, não têm exatamente o hábito de ouvir as pessoas. Preferem falar. E assim educaram o Júnior. Falando e falando. Falando de seus amantes, falando do pai de Júnior, falando que o pai de Júnior é um canalha, falando que o pai de Júnior é um grande cara, falando que o pai de Júnior agora é o Roberto, que o verdadeiro pai de Júnior não era mais pai de Júnior, falando que agora o pai de Júnior é pai de Júnior de novo, que agora o pai de Júnior era o Alberto, e por aí vai. Júnior passou a vida toda ouvindo, sem nunca conseguir falar nada. Afinal de contas, para elas, ele sempre foi apenas um menino-girassol.

Mas agora, aos 16, Júnior começou a falar. E sou eu quem o escuta. No início, pensei que suas falas não tinham lógica. Mas aos poucos vi que ele fala coisa com coisa. É um menino inteligente. Não acho que seja um menino-girassol. Ele gosta de cinema. Gosta de desenhar. Seu sonho é fazer desenho para capacetes de motoqueiro. Fiquei feliz quando disse isso. Inclusive já tinha feito um desenho, queria me mostrar, mas não estava com ele ali na hora. Fiquei ainda mais feliz quando contou que já fez até uma coisa errada, um ato de indisciplina: fugiu de casa um dia e foi sozinho numa corrida de motos. Foi uma aventura. Lá ele conheceu um mecânico. Gente boníssima. Foi o grande dia de sua vida. Voltou no fim da tarde, preocupado com a bronca que tomaria. No entanto, sua mãe e sua avó, muito cuidadosas, não perceberam que ele havia passado o dia fora.

Mas Júnior tinha dado o primeiro passo. Estava deixando de ser girassol.

Deve ser por isso que hoje, numa linda noite de Natal, Júnior está tão revoltado. Durante a noite toda só falou de uma coisa: queria ligar para o pai, seu pai verdadeiro, aquele que a mãe e a avó diziam não ser mais seu pai, mas que ele dizia que era seu pai, aquele que tinha visitado Júnior dois meses antes e prometido encontrar com ele no Natal. Pois esse cara, Júnior me confessou, era, sim, o seu pai verdadeiro.

Mas ele tinha sumido de novo. Júnior o procurou o dia inteiro. Queria estar com ele no Natal. Estava muito ansioso. Mesmo durante a ceia, ficou o tempo todo ligando para o pai. Afinal, ele era seu pai verdadeiro. E Júnior não era um menino-girassol.

Sua mãe e sua avó, muito cuidadosas, discordavam da atitude de Júnior. E estavam incomodadas com a obsessão do girassol. Ao longo de toda a noite, disseram para ele: "esquece esse cara, ele não é seu pai, ele não gosta de você de verdade". Mas Júnior insistia. Confiava no pai. Ele era, sim, seu pai verdadeiro.

Até que, já ao final da ceia, Júnior tentou ligar de novo. Mas dessa vez, a avó, muito cuidadosa e muito irritada, tomou o telefone de suas mãos.

E foi então que Júnior pulou em cima dela. Bateu enquanto pôde. Até que nós o segurássemos. Não foi tão fácil. Júnior era bem fortinho para um magrela como ele. Nessa hora eu percebi que ele tinha mesmo problemas.

Após a surra, a avó se levantou dolorida e sangrando. Está assustada, mas não está chorando. Está mais é impressionada. Acaba de descobrir que Júnior não é um menino-girassol.

Quem chora agora é Júnior. E chora como nenhum girassol jamais chorou.

Dezembro de 2006

LIMPEZA

Concordo contigo, Júlia. Mas apenas em parte. Sei que tem coisa que não é nossa função. Tenho orgulho, por exemplo, de não saber dirigir. Graças a Deus nunca precisei, pois desde criança eu tenho motorista. Serviço do lar, então... Eu nem sei o que ocorre. Penso, no máximo, na preservação das esculturas. Mas acho que, às vezes, a gente tem de meter a mão na massa. Nove anos não é nada, você ainda é recém-chegada ao nosso mundo e não entende disso.

Peço, por favor, que não me compare com papai. Isso eu não admito. É desrespeito comigo e com ele. Eu sempre fui diferente de papai. Isso de andar armado, dar tiro em qualquer mané e depois contar prosa para a família eu nunca fiz. Tenho minha coleção de armas, pratico tiro, mas é apenas um prazer pessoal. É tipo arte marcial, sou faixa preta, mas evito usar meus poderes. E não faço propaganda, nem de andar armado eu gosto. Prefiro meus seguranças.

Mas não gosto que fale de papai. Ele é outra geração, outra cultura. Foi um empreendedor do velho oeste tupiniquim. Você tem idéia do que foi Brasília nos anos 60? Não foi fácil. O fato é que você ainda é jovem para saber que, neste mundo, em alguns tipos de negócio a violência é necessária. Mas isso é coisa de primeira geração, coisa de quem sai da miséria e enriquece. Eu, graças a Deus e a meu pai, já cheguei à Terra bem-nascido. E, assim como nunca precisei lavar privada, também nunca precisei ser violento. Portanto, não me compare com papai. Isso eu não admito. É falta de respeito com ele e comigo. Não tive PRAZER nenhum em matar aqueles homens. Foi natural. Estávamos de lados opostos, era eu ou eles.

E, por favor, não os trate como vítimas. Eles eram profissionais e sabiam o risco que corriam. É do jogo. É o trabalho deles. Eu os matei com a mesma ausência de prazer com que decido fechar uma empresa e tirar o emprego de centenas de funcionários. Não tenho prazer nenhum nessas coisas. É apenas necessário. Você é recém-chegada a esse mundo, ainda não entende disso.

Sei que temos seguranças ótimos, graças a Deus. Pois no Brasil tem de ter segurança. Polícia, aqui, é que nem hospital público. Só usa quem é miserável, e só ajuda a "passar" os caras. Os policiais são mesmo os lixeiros que limpam o que sobrou da sociedade. Gente como nós não utiliza nada público, privatiza tudo, até a segurança.

E também sou grato a você por me ajudar a modernizar os serviços. Eu não aguentava mais aquela turma truculenta de PMs gordos. Cansei-me daqueles seguranças suarentos e semi-alcoolizados, eles tinham uma energia péssima e me puxavam para baixo.

Mas agora é mais. Percebi que segurança é qualidade de vida. Ninguém é mais próximo de nós que nossos seguranças, convivo mais com eles do que contigo. Por isso, para ser um bom segurança não basta ser forte e violento. Tem de ser como esses jovens: bem-apessoados, simpáticos, com energia alegre e construtiva. Afinal, não é porque eles lidam com a morte que precisam estar mal com a vida. É o que eu sempre digo: o importante é cada pessoa estar feliz com seu trabalho. E isso se aplica desde o presidente da empresa até a faxineira, que limpa a minha merda. Só quero faxineira feliz com o trabalho. Odeio gente em crise. E esses jovens amam ser seguranças. Assim como meus gordos da PM, aliás. Afinal, eles têm uma coisa em comum: são todos viciados em adrenalina. Mas existe uma diferença: os jovens são low profile. Não são viciados beatniks, são viciados yuppie. Cheiram e ninguém percebe. Muito mais adequado à cultura atual. Afinal, não é porque a pessoa é violenta que ela precisa ter ódio do mundo. O legal é ser violento com prazer no coração.

Ou seja, eu sei que eles são ótimos seguranças. Mas mesmo assim eu acho que o Marquinhos deve entrar num curso de tiro. Oito anos é uma ótima idade para começar. Eu concordo com papai: tiro e datilografia são legais de aprender quando criança. Pois você aprende tiro brincando, de forma lúdica, leve. Tal como deve ser.

Não! Não misture as coisas! Eu também não quero o Marquinhos numa cena como aquela. Mas você acha que eu queria estar lá? Não é a gente que escolhe. Acontece. Além disso, só aconteceu daquele jeito por culpa dos gordos da PM. Isso de sair atirando como loucos no meio da rua era bem a cara deles. Foi horrível. Lembra? Quatro sequestradores cercaram meu carro e o carro dos gordos da PM. Eu subi na calçada, tentei fugir, atropelei o moço e tudo. Mas eles me fecharam e tive de parar. Os gordos da PM, alcoolizados como sempre, saíram atirando como nunca. Eram ruins de mira, mas atacaram primeiro e de peito aberto. Morreram os três, coitados. Afinal, coragem não é tudo e banha não é colete. Mas antes eles, doidos de tudo, mataram dois e feriram três: dois bandidos e aquela velhinha reclamona que passava na rua. Tadinha. Faleceu mais tarde. Mas todos vamos morrer um dia. O chato foi que ela reclamou até a morte, queria pensão, um mau humor danado aquela senhora. Foi mesmo uma loucura. Eu fiquei dentro do carro blindado, olhando tudo pela janela. Senti-me um jornalista na Bósnia. Era tanto tiro que pensei que ia estourar o vidro. No final, dois dos bandidos, mesmo feridos, se levantaram e começaram a vir em direção ao meu carro, com fuzil na mão. Eu vi o ódio nos olhos deles. Acho que nem me sequestrar queriam mais. Fera machucada gosta mesmo é de matar. Me assustei, pois já tinha tanto tiro que ia acabar furando o blindado. Ou não. Mas não sou homem de pagar para ver. Respirei fundo e lembrei de papai comigo no safári. O leão chegando, o tiro na hora certa. Peguei no santinho, ainda bem que sempre estou com ele. Respirei, abri um pouco do vidro e dei dois tiros fulminantes. Foi fantástico. Dois pitacos no meio da testa. Um para cada meliante. Foi seco, preciso. Milimétrico. Atirador de elite, arte marcial, Kill Bill. Sem estardalhaço. Sem vítimas civis. Abri a porta e vi aqueles corpos todos e o rapaz atropelado e recém-paralítico gemendo. Respirei aliviado. Senti-me como o último sobrevivente de uma guerra atômica.

Mas hoje, passados quase dois anos, sou obrigado a concordar contigo: foi um pouco excessivo. Coisa da juventude. Deu um baita trabalho para não virar notícia e até hoje tenho de pagar pensão ao paralítico. Por isso, prefiro mil vezes o modo de atuação de meus novos seguranças. Eles são limpos. Assépticos. Discretos. Educados. Silenciosos. E sabem guardar segredo. É outra energia. Troquei o Charles Bronson pelo 007 das antigas. Está certo que rola um pouco menos de sangue, mas sangue não é tudo na vida. Eu já tive minha cota de sangue nesta vida. Mas agora estou em outra fase.

Esses jovens seguranças são realmente diferentes. Uma limpeza. Lembra aquele garoto que tentou nos assaltar no farol? Nós, no maior amasso, totalmente distraídos. E ele foi detido sem escândalo, com violência rápida e na dose certa. Eu nem percebi direito o que se passou, só vi o vulto negro do garoto. E pude até voltar a namorar. Foi ótimo. Afinal, eu já me estresso com minhas empresas, não gosto de me preocupar com sujeira dos outros. Se fossem os gordos da PM, ia rolar até sangue no para-brisa. Mas agora é uma limpeza. O que fizeram com o menino? Sei lá. Melhor não me meter no trabalho dos outros.

Eles são realmente muito mais adequados aos dias de hoje. Dias de violência. A vida não está fácil, né, amor? Sabe o que mais me incomoda nessa violência toda? É que hoje em dia nem dá para ostentar riqueza. Na época de papai era diferente: quem vencia na vida saía de carrão, joias, brilhantes e tudo mais. Se destacava. Hoje não... A gente é rico mas tem de fingir que é pobre, sair em carro pequeno, malvestido! É horrível. Por isso está todo mundo comprando ilha em Angra. No Brasil, só pode ostentar riqueza quem está cercado numa ilha. Ou isolado num heliponto. Ou ao cruzar com outro iate no meio do mar. Mas não é a mesma coisa. Pois numa ilha só quem vê que você é rico é outro cara rico. Aí fica essa disputa louca para ver quem é mais rico. Nada a ver. É por culpa da violência que tem essa concentração de renda toda. Por causa dela, os ricos só vêem outros ricos e aí ficam sempre insatisfeitos, sempre querendo ser mais ricos. O legal era o rico poder ostentar nas ruas mesmo, exibir sucesso. Só aí, nós, os ricos, iríamos acalmar um pouco o facho de ganhar grana e curtir um pouco mais a vida. Papai é que se divertia. Comparado conosco, era um homem de hábitos simples. Não precisava ir ao jogo de pólo, ia mesmo é no futebol. Não precisava comer modelo asséptica e podia se apaixonar por qualquer menina. Até puta de trezentos reais ele comia. Papai era mesmo um homem do povo. Mas hoje é diferente. Rico só circula entre ricos e por isso gasta muito. Se rico pudesse ostentar sua riqueza livremente, a concentração de renda diminuiria. Portanto, não é a concentração de renda que causa a violência. Quem é violento tem inúmeros motivos. Mas o contrário é verdadeiro, pois a violência causa a concentração de renda.

Mas já sei... Já sei que você já ouviu isso (e não entendeu nada). E não! Eu não tenho nada contra modelos, benzinho. E contigo é diferente. Mas tudo bem. Vou voltar ao foco. E vou ser mais direto, pois meu tempo é curto:

vou mesmo colocar o Marquinhos no curso de tiro! É minha decisão final! Não tem mais papo.

Você não viu o que aconteceu comigo? É um fato: por mais seguranças que a gente tenha, tem uma hora que pode ser necessário atirar. Violência é como sexo, tem hora que nenhum empregado resolve e é necessário fazer a gente mesmo. Júlia, você tem de entender. Você vem de família pobre, é recém-chegada a esse mundo, nove anos de casada não é nada para entender como é o mundo desse lado. Você ainda tem muito a aprender.

Pena que você não concordou. Mas legal ter entendido. O que eu mais amo em você é que você sabe que num casamento nem tudo é consenso. E sabe que tem coisas que eu mando. Educação de filho homem, por exemplo, é comigo. Você pode cuidar da educação da Marina, mas a do Marquinhos cuido eu. Mais um drinque?

Julho de 2005

EU CONTRA OS SEM-ALMA

A essa altura, o mundo já acabou. Os barulhos que ouvi foram de destruição total. Se eu fosse chutar, diria que 98% da população humana está extinta. E eu tenho o orgulho de ser o responsável por isso.

Tudo começou há uns dois meses, quando, fuçando em minhas coisas, achei minha antiga coleção de revistas espíritas. Peguei um número do ano de 1984 e comecei a folhear despreocupado até dar de cara com uma matéria sobre reencarnação. A matéria informava que as almas reencarnavam em um intervalo de tempo cada vez menor. Por volta de 1825, reencarnavam a cada 103 anos. Já no ano da publicação da revista, verificou-se que um grande número de almas reencarnava rapidamente, em média a cada cinco anos. O pessoal da revista, burrões místicos e pouco atentos a questões matemáticas, ao especular o porquê dessa brusca redução, chegou à conclusão de que devia ser algo ligado à urgência das almas em retornar à Terra e ajudar a resolver os problemas humanos.

Balela. Eu saquei de imediato o motivo: a alma não se reproduz, e a população não para de crescer. Não era por opção que elas reencarnavam tão depressa, era uma questão de falta de almas. Na hora me senti inteligente e passei para o artigo seguinte, sobre telecinese.

Mas antes de terminar a leitura já comecei a ficar preocupado. Afinal, o que eu tinha descoberto era que, em breve, não haveria mais almas disponíveis e os seres humanos continuariam nascendo. No dia em que o número de pessoas superasse o número de almas, teríamos seres humanos desalmados. Sempre tive medo dos desalmados.

Foi então que percebi que precisava fazer alguma coisa. Comecei calculando o ano em que as pessoas sem alma começariam a nascer. Para isso, levantei a população mundial em 1825 e confrontei com a atual, chegando assim ao número mágico: o número de almas disponíveis no universo.

O cálculo é um pouco complexo e exigiu meus melhores esforços. Mas posso reproduzi-lo na íntegra para convencer os mais céticos. Quem não sentir necessidade de tal comprovação, pode pular essa parte. Mas vamos lá. O total de almas é dado por:

$T = F + E$
sendo T: total de almas
　　F: número de pessoas vivas
　　E: estoque de almas no céu

Para que uma alma possa reencarnar, é preciso que todas as outras que desencarnaram antes dela retornem. Assim sendo, temos:

　V: população viva
A e k: constantes
　t: tempo

Tal que:

$t = 0$ corresponde ao ano de 1825;
$t = 1$, ao ano de 1826 e assim por diante.

Dessa forma, temos:

Para 1825, t = 0 e F(0) = 1.000.000.000
Para 1984, t = 159 e F(159) = 5.000.000.000

Substituindo os valores, temos:
A = 1.000.000.000
k = 0,01022

Assim: F(t) = 1.000.000.000$e^{0,01022t}$

Como o estoque corresponde ao número de nascimentos no período que começa a ser contado a partir do ano do qual dispomos do tempo de reencarnação, o número de nascimentos em um período é dado pela fórmula:

$$N(t) \; 3\int F'(x)dx = 3.000.000.000 e^{0,01022t} - 3F(t_0)$$

Como ele deve ser igual ao do estoque, o número de almas no universo será dado por:

T = F(t) + N(t)
sendo F': a derivada de F
t_0: o ano do qual dispomos do tempo de reencarnação
t: o ano no qual a alma vai reencarnar

Consequentemente, o tempo de reencarnação é $t-t_0$.

Como em 1825 o tempo de reencarnação era de 103 anos e em 1984 caiu para 5, podemos afirmar, por exemplo, para 1984, que:

$T = 3.000.000.000 e^{0,01022t} - 15000.000.000 + F(164)$

$T = 3.000.000.000 e^{0,01022 \cdot 164} - 15000.000.000 + 1.000.000.000^{0,01022 \cdot 164}$

Fazendo essa conta, cheguei ao resultado:

$T = 6{,}6$ bilhões de almas

Ou seja, temos 6,6 bilhões de almas no universo. Sendo que as variáveis são:

T: total de almas.
t_0: ano para o qual o tempo de reencarnação é dado
t: ano no qual a alma vai voltar para a Terra (obtido somando t_0 ao tempo de reencarnação)

Assim, é possível afirmar que, como em meados de 2006 a população já era de aproximadamente 6,5 bilhões e o acréscimo populacional nos meses seguintes certamente ultrapassaria a casa dos 100 milhões, estava cientificamente comprovado que as pessoas sem alma começariam a nascer! E já em 2007! Ou seja, eu tinha menos de um ano para provocar uma brusca redução da população da Terra.

Parecia pouco, mas eu consegui. Amanhã seria o dia em que começariam a nascer as crianças sem alma. Mas não aconteceu.

Em pouquíssimo tempo, consegui fazer com que explodissem as guerras e se multiplicassem os atentados terroristas. Como fiz isso? Fazendo tudo sozinho? Não. Não sou um psicopata. Não fiquei rico para comprar bombas e soltá-las. Até porque isso seria ineficaz. Quantas bombas eu conseguiria lançar? Três? Mataria quantas pessoas? Eu tinha de provocar um conflito mundial.

Comecei com um curso de hipnose e outro de programação neurolinguística. Sempre admirei essas duas ciências, mas nunca as quis utilizar para fins de enriquecimento pessoal. Só as uso em causa pública. Com a hipnose aprendi a entrar na mente das pessoas. Com a neurolinguística, aprendi a programar mentes. Aprendi a programar não só a minha mente como a dos outros. Eu sabia que alguns indivíduos agindo em razoável sincronia fariam ruir toda a estátua da civilização humana. Os ódios estavam dentro da estátua, bastava ser meio acupunturista e tocar nos pontos exatos. E eu toquei.

Comecei influenciando as idéias de um cristão que morava na Turquia. Ele matou um sacerdote muçulmano e disse mais tarde que fez isso em nome do papa. O mundo islâmico se revoltou contra os católicos ocidentais. Depois parti para Roma. Vocês podem pensar que eu ia convencer alguém a matar o papa. Não, isso eu não podia. O esquema de segurança era muito grande, ninguém seria capaz de fazer isso. Tive então de usar todos os meus poderes. Organizei oficinas com cinquenta vagas para muçulmanos que moravam na Europa. Iria aplicar a hipnose e a programação neurolinguística em todos eles ao mesmo tempo. Afinal, tinha apenas três dias no meu cronograma. A coisa funcionava rápido, mas logo começaria a arrefecer. Nesse meio tempo, eu tinha de aproveitar ao máximo o potencial daqueles árabes.

Foi então que consegui meu grande feito: em três dias treinei trezentos muçulmanos para sair às ruas matando cristãos. A cada período de quatro horas eu treinava cinquenta. E aí ia almoçar. Afinal, para fazer um trabalho árduo desses é preciso estar bem alimentado. Já na tarde do primeiro dia, enquanto eu ainda treinava o segundo grupo, começaram a pintar as notícias das primeiras mortes de cristãos. Meu plano começava a dar certo. Infelizmente, a maioria dos muçulmanos eram criminosos incompetentes (para isso eu não tive tempo de treiná-los) e acabavam presos logo no primeiro assassinato. Mas à noite a segunda turma saiu com tudo.

No dia seguinte, comecei a sentir os efeitos do cansaço. Apesar de não estar inteiramente recuperado da noite anterior, consegui treinar mais cinquenta na parte da manhã. Novas notícias pintavam.

À tarde piorei. Quase desmaiei durante uma sessão de hipnose. Ainda assim, mais uma turma foi treinada.

Eu tinha mais um dia em meu cronograma, mas meu médico recomendou que eu descansasse. Parei a contragosto, planejando retomar no dia seguinte. Mas nem foi necessário. A revolução já começava a se alastrar. Foram 433 cristãos mortos por muçulmanos. Já no primeiro dia, surgiram os incidentes diplomáticos. Israel invadiu a Palestina com força total, justificando que muçulmano era mesmo uma merda. O premiê achou que poderia se aproveitar do clima para finalmente destruir o que ele chamava de "aqueles árabes safados".

Os países árabes se revoltaram e, para surpresa de todos, um golpe muçulmano eclodiu na Índia. Imediatamente jogaram um míssil sobre Israel. Algo que nem eu imaginava. Sabia que algo ia acontecer, mas não a Índia atacar Israel. Mas atacou. Era uma bomba atômica. Isso foi no quinto dia após o início dos meus trabalhos, ainda na Turquia. A partir daí a guerra descambou. Eu não gosto de ler jornal, mas sei que Paquistão e Índia se destruíram mutuamente, a França decidiu invadir mais uma vez o Egito para terminar o que Napoleão (lembra dele?) havia começado. Não demorou para que usasse seu arsenal atômico. Isso tudo foi ontem.

Hoje tenho certeza de que muito mais coisa vai acontecer. As notícias ainda são esparsas, mas já chegam as primeiras imagens do caos na Coréia do Norte e no Irã. Parece que os Estados Unidos finalmente destruíram os países do tal eixo do mal, argumentando que, se até a

França usa bomba atômica, por que os Estados Unidos, que são pioneiros dessa tecnologia, não podem utilizar?

Com isso, é questão de dias para tudo acabar.

Eu posso até morrer junto. Mas me precavi. Estou bem instalado num abrigo antiaéreo e antiquímico. Ainda existe a probabilidade de morrer, já que esses abrigos dos anos 60 não são dos mais confiáveis.

Porém, mesmo se eu morrer, sinto que valeu a pena. Ao menos a espécie humana vai ser quase exterminada, e eu não vou precisar conviver com pessoas que nascem sem alma.

Missão cumprida. Ah, esqueci de dizer: é claro que não vim sozinho. Trouxe minha mulher e filhos, que com certeza têm alma. E também algumas crianças sequestradas, todos da idade dos meus meninos. São dez mulheres (para meu filho Hector) e dois homens (para minhas duas filhas). Não que eu tivesse vontade de sequestrá-las. É que foi necessário. Pode ser que só sobre o meu abrigo após a guerra atômica total, e a espécie humana precisa voltar a se reproduzir (de forma mais parca e mais moderada, pois eu serei o profeta da nova geração e ensinarei isso). Na minha mitologia, eu explicarei que sou Deus e decidi destruir o mundo anterior, que as pessoas arruinaram com sua superpopulação.

Eles vão se reproduzir bem por aqui. Eu infelizmente fiquei sozinho. Minha mulher se revoltou logo no primeiro dia, quando eu a convoquei para entrar no abrigo antiaéreo. Disse que não estava havendo guerra nenhuma e, vejam só, me garantiu que eu nem estive no Paquistão.

Tive de levá-la à força, desmaiada, coitada. Ia soltá-la, ela parecia mais calma. Mas ficou novamente agressiva quando viu as doze crianças que sequestrei, que estavam na carroceria de outro caminhão, amarradas, amordaçadas e colocadas em sacos para disfarçar. Eu não queria maltratá-las, adoro crianças, mas foi necessário. Como não tinha onde colocá-las, guardei-as num saco. Infelizmente, uma delas morreu. Era uma menina bem bonitinha. Não a enterrei, decidi deixar ali por mais uns dias, quem sabe uma hora eu estou sozinho com o corpo dela e decido me divertir... Afinal, ninguém é de ferro...

Depois disso, minha mulher passou a se comportar de forma um pouco desagradável e me obrigou a matá-la.

Agora eu não tenho mais alguém a quem possa chamar de companheira. Estou há dez dias aqui no abrigo, com nove meninas e um corpo (que um dia, durante o sexo, percebi que fedia muito. Melhor enterrar). Mas me sinto renovado. As nove são lindas. Até me apaixonei por uma delas. Aguenta apanhar como poucas e fica linda de olhinho roxo.

Já as outras são todas umas vaquinhas, ficam gritando, resistindo, parecem minha mulher. Coitado do meu filho. Nisso eu errei. Escolhi um harém de merda para ele. Mas o importante agora é salvar a nossa espécie.

Agosto de 2007

O IMPÉRIO ANFÍBIO

Palestra para as comemorações de vinte anos do Império Anfíbio

L embro como se fosse hoje o dia que mudou minha vida. Era 19 de abril de 2007 e eu promovi uma palestra sobre o Second Life. Na época não era nada. Hoje é uma ironia o fato de ele se chamar Second. Para nós, ele é Prime Life. É a vida. Mas naquele tempo ainda era uma novidade.

Foi na palestra que tive as idéias de modelos de negócio que revolucionaram a web, o mundo virtual e a própria realidade, dando origem ao Império Anfíbio, o mundo daqueles que circulam entre mar e terra, que circulam entre Second e Prime Life, que amam viver alternando-se entre opostos.

Na época, tudo no Second era falso. E não era só a interface primitiva. Era também o conceito. Para vocês terem uma idéia, o Second da época ainda não tinha violência. Era proibido matar um homem lá dentro. Puta chatice!

Eu, no entanto, não era assim limitado. Tinha lido tudo sobre a Revolução Francesa, sobre como foram os autores pornôs que criaram as condições culturais que propiciaram a revolução política. Era um quase ex-jovem cineasta e roteirista, mas que já tinha feito filmes contestadores, que desafiavam o sistema. E defendia a importância do sexo e da violência na televisão (na época, ainda analógica, uma raridade tecnológica que poucos de vocês conhecem). Eu tinha um potencial contestador. Por isso criei o império.

O Second ainda era controlado por caretas de agência de publicidade. Eles debatiam bobagens, se "aquela vida" iria substituir a realidade, os efeitos psicológicos que causaria. Não, minto. Não eram os publicitários que discutiam isso, e sim poucos psicólogos apocalípticos que mal sabiam do que estavam falando. Mas esses nem contam, nunca existiram, ou no máximo existiram em universos paralelos universitários. Quem importava era quem criava para o Second Life, o pessoal das agências. Eram, em geral, modeladores de bonecos alienados. Queriam fazer ilhas corporativas para empresas do mundo real. Ficavam puxando o saco das corporações reais. Alguns se deram bem. Nenhum se deu tão bem quanto eu.

Eu era livre. Não tinha agência. Vivia de outras coisas. Entrei no Second Life para curtir. Liberdade é sempre bem-vinda. O público adora quem está criando e curtindo. Isso, de uma forma ou de outra, se mostra na tela.

Outros que se julgavam contestadores tentaram atuar nas brechas do direito autoral. Um jovem brasileiro perdeu um bom tempo fazendo uma agência do Banco Real. Depois tentou vender ao banco, que o ignorou. Como ele não podia manter a agência aberta, acabou abrindo mão. Perdeu tempo tentando aplicar para cima de uma corporação muito mais forte que ele. O caso mais bem-sucedido da época foi de um jovem chinês que copiou as Havaianas. Registrou no Second Life e começou a vender. O cara ganhou muito dinheiro. Parecia um grande golpe, uma tentação. Mas era algo condenado à tragédia. As corporações se vingaram dele. O fabricante das Havaianas conseguiu transformar o caso em uma bandeira pela defesa dos direitos intelectuais no Second Life. Até a Coca-Cola apoiou. Até o Second Life apoiou. O jovem foi condenado a devolver toda a grana que tinha ganhado. E, para que servisse de exemplo, acabou sendo preso (foi a partir desse caso que infração à lei do direito intelectual se tornou crime hediondo e inafiançável). Passava os dias tentando fazer amigos no Second Life, até que seu avatar foi extinto definitivamente e ele caiu em completa depressão. Morreu dois anos depois, de inanição. A notícia teve ampla repercussão na época. Foi uma lição para todos os que queriam enganar corporações.

Eu nunca fui um desses. Não fazia parte do jogo das corporações, mas também não queria enganá-las. Apenas não queria pensar nelas. Minha primeira idéia foi usar mão-de-obra mais barata e abundante de que meu país dispunha na época. Eu tinha feito um filme sobre como gente de ONG ganhava dinheiro explorando a miséria alheia. Vi logo que os mendigos poderiam ser aliciados. E ainda por cima promovendo a inclusão digital. Foi assim que tive a idéia de contratar mendigos para dançar no Second Life.

Como sabem, na época, muitas ilhas do Second Life pagavam para avatares ficarem dançando em baladas. Era uma forma de fazer sucesso. Falso sucesso, mas sucesso.

Algo como compra de votos em currais eleitorais. Percebi que o que pagavam em lindes saía mais caro do que o que eu pagava aos mendigos em reais (real era a moeda do meu país daquela época).

Outra coisa importante a ser esclarecida é que dançar no Second Life naquele tempo era muito diferente do que é hoje. Hoje é necessário talento, como todos sabemos. Mas, em pleno início do século, o Second ainda era tipo um Atari (um videogame pré-histórico, em 2D, com o tipo de jogo que alguns de vocês devem ter visto nos celulares de vinte anos atrás). Era precário. E dançar era apenas um movimento de clicar botões.

Qualquer mendigo, mesmo retardado, mesmo drogado, mesmo viciado, conseguia clicar o botão. Aliás, acabei descobrindo que eles são muito bons para esse tipo de tarefa repetitiva. E, além disso, conforme comprovou minha equipe de psicólogos, isso os acalma, tem efeito terapêutico. Eu salvei a vida desses caras. E pagava 50 pratas por mês. Deixava-os numa linda fazenda anfíbia, clicando o dia todo. Ocupamos todos os espaços virtuais. À noite os dopava com drogas naturais e programa da Luciana Gimenez, uma apresentadora de televisão que interpretava uma espécie de juíza e conquistava a platéia ao expor suas limitações intelectuais num programa que simulava julgamentos morais meio que em forma de paródia, mas com um baita tom sério. Eles viveram felizes até a morte. Hoje não trabalho mais com isso, mas muitas empresas menores sobrevivem até hoje à custa desse modelo de negócios.

Logo a seguir, quando ainda tinha apenas alguns poucos mendigos trabalhando para mim, criei a Ilha das Perversões. Não, não fui o inventor do sexo no Second Life. Isso sempre existiu, desde os primórdios. Mas fui o primeiro a explorar perversões malucas em escala industrial.

É que eu conhecia Hitchcock. E antropologia. Sabia que a função do Second Life era criar um duplo para fazer o que você não pode fazer na vida real. O Second Life era, em 2007, o que os filmes do Hitchcock foram para as platéias de cinema de meados do século XX: uma forma de catarse psicanalítica para seus desejos mais primitivos. No Second, tal como nos filmes do Hitchcock, você pode imergir em histórias repletas de assassinatos e perversões sexuais. E curti-las em segurança. E, ao final da experiência, voltar para casa e para sua vidinha "real", estável e sem riscos. O Second era o imaginário freudiano. Era o lugar em que você poderia se entregar com segurança às suas pulsões mais animais de sexo e morte. Sem risco perigo da aids, sem ter de sujar as mãos matando alguém real, sem correr o risco de ser preso.

O Second tinha ainda outra vantagem que caía como uma luva no Brasil, o meu país daquela época: o avatar. Ter um duplo é o sonho de todo brasileiro. Isso é óbvio, basta ver os homens que se vestem de mulher no Carnaval. Está tudo na matriz negra e indígena do nosso povo. Negro adora que baixe um santo nele. Índio idem. São rituais xamânicos básicos. Por isso o espiritismo brasileiro se aproxima da umbanda. Por isso fizemos sucesso no Orkut. (Parênteses para quem não sabe: o Orkut foi o primórdio do relacionamento virtual). Era um espaço de relacionamento virtual baseado em ter acesso a informações sobre os outros e ver de quais comunidades ele participava. Foi obviamente apenas um sucesso momentâneo. Era a forma de relacionamento ideal para jornalistas intelectuais que adoram informação, mas não entendem nada de performance instantânea. Era o site de relacionamento do fim do século XX, da época em que as pessoas ainda perguntavam "O que você faz? De que música gosta?" e outras futilidades desse tipo para escolher o parceiro sexual. De uma época em que o prazer de escolher parceiro ainda era baseado no intelecto. Mas o Orkut surgiu como primórdio da idéia de relacionamento virtual. Foi legal na época. Mas não tinha sequer imagem animada – tinha no máximo álbum de fotos – nem o prazer do instante. Interessante, no entanto, é que logo de cara os brasileiros dominaram completamente o Orkut. E se destacaram por criar perfis imaginários. Por criar duplos. Isso tem tudo a ver com a vida dupla do Second Life, que hoje sabemos que foi o grande motivo de sucesso do Second Life, de sua perenidade.

Mas, ainda no início do século, muitos achavam que o Second viraria no máximo mais um Orkut. Que teria um boom de uns quatro anos e depois seria abandonado pelo usuário. Poucos perceberam que ele ia exterminar o Internet Explorer, o browser mais famoso da época, um programa chato pacas, baseado em texto e ícones precários, em uma lógica de escolha interativa baseada no intelecto e não na sensação, como no caso do Second.

Bem, eu logo vi que o Second não teria o triste fim do Orkut, pois usava interface sensitiva (e não intelectual) e admitia como princípio que você tivesse outro personagem, duas coisas que o usuário realmente desejava. Ainda percebi mais uma coisa: o sucesso do Second tinha outro motivo. Lá era o Velho Oeste. Um lugar a ser desbravado, onde tudo era novo. Com ele surgiu uma nova era dos descobrimentos, com a vantagem de ocorrer na tranquilidade de seu lar. Foi com isso em mente que criei meu empreendimento seguinte, a Ilha das Perversões.

Isso oficialmente. Antes eu já organizava pequenas festas fechadas no Second Life, apenas para perversões bem pesadas mesmo. Pedofilia, pompoarismo, tudo que pintasse. Só não podíamos fazer snuff movies, pois não podíamos matar outro avatar.

A coisa foi crescendo rapidamente. Logo iriam nos pegar. Talvez estivesse na hora de parar. Foi aí que tive coragem. Decidi divulgar. Eu já tinha os filmes gravados do que ocorreu. Tinha decupado tudo. Decidi soltá-los no Second Life. Eram filmes de sexo extremo, com avatares grotescos, animais, cópias de avatares famosos do mundo real e virtual, crianças etc. Hoje vocês vão achar estranho, mas o que mais incomodou na época foi a pedofilia, que era considerada crime hediondo. Para vocês verem como os valores mudam. Avatares de crianças fazendo sexo foram acusados de ser incentivo à pedofilia na vida real. Ainda que os avatares de crianças fossem comandados por adultos – tomei esse cuidado –, o pau comeu. Por sorte, eu tinha bons advogados e fui levando a brincadeira. Comparava minha obra a filmes que denunciavam a pedofilia, falava do Hitchcock. Os censores diziam que era diferente, que o cinema não era interativo. Sempre a coisa de querer censurar a nova mídia – antes o cinema era censurado, mas agora que virou "arte" (algo morto, como sabemos) ninguém liga, porque não envolve mais ninguém. Agora querem censurar o Second Life. Fiz essa comparação. Exigi que punissem também *Mogli, o Menino Lobo* e todos os filmes da Xuxa – uma estrela da pedofilia da época, que ficou famosa ao transar num filme com um garoto de 12 anos e depois tinha virado rainha dos baixinhos num programa infantil de televisão.

A polêmica foi grande e acabou servindo como divulgação para a Ilha Anfíbia e a Ilha das Perversões. Foi um sucesso. Meus advogados melhoraram, minha tática de defesa melhorou. E eu não era como o garoto chinês. Não tinha as corporações contra mim. Dava-me bem com elas. Tinha contra mim apenas aqueles psicólogos pobres ligados a ONGs de direitos humanos. Eles não tinham força para me destruir.

O passo seguinte foi vincular os mendigos à pedofilia. A partir daquele momento eles passaram a atuar como pedófilos. Fiz um filme de cinema em película (para dar cara de coisa real) com eles numa sala digitando. E divulguei para o mundo todo que eram pedófilos presos submetidos a tratamento para se recuperar psicologicamente. Ou para, ao menos, se acalmar um pouco e não atacar criancinhas na rua. O meu argumento era que eu não queria que eles fossem pedófilos reais, por isso permitia que fossem pedófilos virtuais. Colhi ainda depoimentos dos falsos pedófilos (que todos imaginavam ser reais) afirmando que, desde que se tornaram pedófilos virtuais, nunca mais sentiram vontade de comer uma criança real.

A polêmica esquentou. Eu virei uma ONG para o tratamento de perversões. Captei dinheiro para isso. Mas não foi assim que fiquei rico. Essa manobra serviu apenas para adquirir prestígio para continuar atuando no Second Life. Ganhei dinheiro mesmo exibindo os pedófilos transando ao vivo na Ilha das Perversões.

Foi um sucesso imenso. Tive milhões de acessos. Fui obrigado a criar milhares de ilhas-fantasmas, que ampliam a quantidade de usuários por minuto. E já cobrava direto em lindes, pois sabia que jamais teria anúncios do mundo real, corporativo e careta.

Minha empresa foi crescendo. Eu me sentia no Velho Oeste. Desbravando fronteiras em territórios ainda inexplorados. E nem tinha índio para matar. Eu sabia ainda que esse prazer era momentâneo. Não ia durar. Eu tinha que criar outros. Tinha de conduzir o Second Life ao mundo dos pecados e das perversões.

O passo que dei em seguida foi o definitivo. Consegui licença para criar a primeira ilha do Second Life INTERNACIONAL a permitir que as pessoas morressem. Era a Ilha da Morte. Quem ia para lá sabia que poderia morrer. Assumi a custódia de milhares de jovens criminosos e fiz com que passassem o dia todo jogando nessa ilha.

Às vezes antes mesmo de cometerem crimes, como prevenção. É que na época um sul-coreano matou 32 pessoas numa universidade. E professores disseram que ele já apresentava redações escolares meio perturbadoras, que mostravam como ele tinha raiva de todos, que era um psicopata de merda. Dessa forma, todos os estudantes que manifestavam tais tendências eram imediatamente aproveitados como psicopatas virtuais e trabalhavam no meu game a vida toda. Um ilustre defensor dos direitos humanos afirmou que minha proposta "ao mesmo tempo salva as vítimas e os algozes. É o caminho perfeito para a paz que tanto sonhamos".

Com tamanho prestígio, consegui o que planejava havia anos, aprovar a Lei nº 13.413, que obrigava todos os jovens suspeitos de ser psicopatas a trabalhar na Ilha da Morte do Second Life por toda a vida. Foi uma grande conquista jurídica. E que contou com o apoio da grande maioria dos jovens psicopatas, todos viciados em games, que adoraram conhecer outros como eles.

Hoje já temos em torno de cem mil jogadores trabalhando na Ilha da Morte, todos em fazendas rurais controladas. Tem gente que até finge ser psicopata para conseguir o emprego. Tivemos inclusive de criar um processo seletivo.

Hoje todos conhecem a dimensão do sucesso da Ilha da Morte. Mas é necessário explicar os princípios que nortearam sua criação. A idéia era criar um ponto de interação entre psicopatas reais (ex-psicopatas que criavam avatares) e turistas (avatares de pessoas reais que decidiram partir para uma aventura com tons de realidade).

A grande sacada foi garantir que o avatar morto na ilha morreria de verdade. Hoje isso parece óbvio, mas até então não era. Na época, se seu avatar morresse, você poderia construir outro idêntico. Fiz um acordo com o administrador do Second Life para proibir isso. A partir daí, um avatar morto não pôde mais ser recriado. Nunca mais. O jogador pode até construir outro, mas nunca o mesmo. A programação do Second Life impede que se criem dois avatares idênticos. Isso foi fundamental para incutir no usuário a sensação de morte real dentro do jogo. É o que dá o tom de perigo real à coisa toda e tornou a aventura de jogar na Ilha da Morte muito mais emocionante que qualquer game anterior. Lá você poderia morrer de verdade, com um avatar que para você era real, muitas vezes uma imagem projetada e melhorada de si mesmo. E ele poderia morrer de verdade. É o cinema do Hitchcock em estado puro e de forma interativa.

Com uma fonte de imensa renda garantida, passei a me dedicar a projetos mais utópicos. A Ilha da Fantasia reproduzia o famoso seriado de tevê. Era obviamente customizada, pois sairia muito caro construir uma ilha para cada jogador. De minha parte, eu a usava para relacionamento, só levava avatares que me interessavam.

Essa é uma história resumida do Império Anfíbio. Nossos princípios são baseados na democracia cultural, em sempre circular por lados opostos, entre corporações e cidadãos, entre mercado e cultura, entre estáveis e

doidos, entre real e imaginário, entre tudo o que é considerado oposto. Por não levarmos o real tão a sério, por sabermos que ética é algo mutável, por gostarmos de sexo e violência virtual, por não termos preconceito com quem é diferente de nós, por termos tolerância e carinho pelos homens maus, por tudo isso, conseguimos nos tornar o empreendimento de maior sucesso na história da realidade virtual. Esse é o nosso destino, circular entre opostos. Para isso vivemos e para isso trabalhamos.
Bem-vindos ao Império Anfíbio.

Abril de 2007

A CURA!

No começo tive dúvidas se minha mãe sabia. Eu olhava para ela ali, me dando banho, brincando comigo, me ajudando a encher a sala de terra para brincar de índio que mata soldado e pensava: "Ela sabe! Tem de saber!" Afinal, era quase evidente: magro, esquelético, quieto, medroso, amuado e de "olhos grandes e azuis". Enquanto ela fingia ser um aviãozinho para me entulhar de papinha, eu pensava lá com meus botões: "Oh, minha senhora, valeu o esforço, mas pode parar com isso. Quem você pensa que está enganando?".

Por anos aguardei o dia em que ela me contaria tudo. Sempre que queria falar comigo, eu pensava: é hoje que ela abre o jogo. Mas aos poucos percebi que ela REALMENTE não sabia. O que exatamente os alienígenas fizeram, como eles me colocaram aqui, quem são meus verdadeiros pais, eu nunca saberei. Nem sei se tenho pai. Podem ter me trocado na maternidade, ou feito uma inseminação artificial com algum tipo de raio, algo do tipo arcanjo Gabriel. Sei lá. Mas tanto faz. O fato é que eu não sou daqui, e minha mãe não sabia. Ela acreditava de verdade que eu era mais um filhote da espécie humana.

A certeza de mamãe (será uma mãe adotiva?) chegou a me incutir certas dúvidas: serei humano? Serão essas anomalias passageiras? Será que em algum momento serei normal? Ou serei apenas mais um louquinho, desses de hospício? Doença mental, sei lá, pode ser... Foram necessárias quase três décadas para eu ter certeza de que não é nada disso. Minha impressão inicial estava certa: EU NÃO SOU DAQUI.

Não foi fácil me convencer. É algo difícil de aceitar, triste, trágico. Além disso, aparentemente eu sou normal. Meus distúrbios iniciais da infância foram, na medida do possível, superados: deixei de ser um gago incurável, engordei, meu olho escureceu um pouco, coisa e tal. Restaram apenas um gesticular estranho e uma fala rápida, além do pensamento não linear. Ferramentas extremamente apropriadas para a tarefa da qual os chefes do outro lado me incumbiram: acumular dados e fazer análises do comportamento humano em suas mais variadas formas de expressão.

Houve uma época em que eu imaginei ser um ciborgue. Entrei em crise. Achei que eu era apenas uma database, uma grande memória EPROM acumulando dados para meus doutores Frankenstein. Depois deixei disso. Caso eu seja mesmo um ciborgue, eu sou dos bons, nada comparável à tecnologia humana atual. Teria com certeza minha própria AI (Inteligência Artificial).

O fato é que estou aqui para criar, viver e contar narrativas exemplares que interpretem o comportamento da espécie humana. Será que eles querem invadir a Terra? Duvido muito. O mais provável é que desejem material de pesquisa para roteiro de documentários da National Geographic de lá. Ou, quem sabe, um programa de humor. Sei lá. O que sei é que estou aqui para isso, e não adianta lutar contra a programação.

Hoje reconheço que sou um alien de 30 anos de idade. Como acontece com muitos de nós, demorou para eu aceitar minha identidade. Afirmo a quem quiser ouvir que nunca obtive nenhuma vantagem por isso. Nunca recebi mesada, não consigo acender o dedo e não posso voar de bicicleta.

Mas sou capaz de perceber que, mesmo no meu período de dúvida existencial, eu cumpri muito bem a programação que me foi imposta. Foram três décadas de crise, sofrimento e incompreensão, que resultaram na criação de uma razoável database de comportamentos e situações. Agora, na maturidade, meu programa gerou em mim a necessidade de combinar os dados e produzir as narrativas. E, junto com elas, interpretações. Deve ser o relatório que eles tanto esperam. Devo ter chegado à minha fase produtiva. Logo haverá mais conteúdo para o programa de humor alienígena.

QUEM SOMOS NÓS E COMO DETECTAR UM ALIEN

Desde criança percebi que não era o único alien infiltrado aqui na Terra. Há muitos de nós espalhados por aí. Não somos maioria, mas somos muitos. Você com certeza já cruzou com um de nós.

À primeira vista é impossível notar. Não temos nenhuma característica marcante. Aliás, nossa característica mais marcante é exatamente a de não ter nenhuma característica marcante. Ao contrário da espécie humana, com sua inclinação pela diferenciação física através de tatuagens, cortes de cabelo, roupas espalhafatosas etc., os alienígenas geralmente optam por um visual mais conservador.

Acho que nós, no fundo, no fundo, queremos esconder a diferença. É a espécie humana que busca de todas as formas algum tipo de diferenciação. Iguais na sua essência, em seus instintos básicos e na psicologia freudiana de botequim, os humanos querem marcar sua diferença com pequenos detalhes físicos. Nós, aliens, somos o oposto. Passamos vários anos da infância notando nossas diferenças em relação à hegemônica espécie humana. E sofrendo com elas. Quando adultos tudo com que sonhamos é parecer comuns, ocultar a diferença interior com uma aparência convencional e padronizada.

Dificilmente há aliens famosos. Alguns procuram ser, numa tentativa desesperada de se igualar, de viver como vive a espécie humana. Mas esses, quando conseguem o tão almejado sucesso, entram numa depressão ainda maior. Alguns se matam, mas a maioria apenas entra numa depressão tão profunda que suplanta todos os sofrimentos evitados durante toda uma vida.

Desde que nasci nunca vi aliens atores de televisão, teatro ou cinema. Lendo biografias, percebi que alguns já se aventuraram nesse ramo ao longo dos tempos, mas hoje não mais. Minha hipótese é que os aliens pararam de ser atores com o surgimento das escolas de teatro. Nenhum alien jamais conseguirá fazer os exercícios "psicológicos" e físicos que esses cursos impõem a seus alunos. Essa história de imitar bicho, passar bola, mexer o corpo sem nenhum controle, buscar sentimentos reprimidos e mais uma série de coisas é biologicamente incompatível com nossa espécie. Os aliens atores se formaram sem fazer curso e geralmente interpretam a si mesmos. Todos eles são alcoólatras.

Alguns de nós acabam ficando ricos. Isso acontece quando um alien, por não aceitar a diferença, opta por nunca mais pensar nisso, por não pensar mais em nada, e tenta a completa alienação no trabalho ininterrupto e estafante. O trabalho, aliás, é o vício mais comum entre alienígenas. É a única coisa que nos ajuda a parar de pensar. Todas as outras drogas são mais propícias à espécie humana, já que costumam fazer pensar. Para nós isso é péssimo. Mas voltando aos aliens ricos. Esses, mesmo viciados em trabalho, nunca conseguem parar de pensar e, dessa forma, alternando análise e ação, podem, sim, ficar ricos. Mas esses são poucos, pois costumam ter ataques cardíacos por volta dos 40 anos.

Não é fácil detectar um alien em meio às outras pessoas. Estamos escondidos atrás da fachada do mais careta dos burocratas do banco, aquele que a cada cinco minutos olha ansioso para os dois lados, do vigia noturno que ouve rádio e ri baixinho de algo que ninguém (nem outro alien) entende, do professor de história de colégio público que fala bonito, mas chora sozinho num canto, do executivo que trabalha o dia todo, grita ao telefone e à noite marca outra reunião ou faz qualquer outra coisa para adiar a chegada em casa, tudo para evitar o encontro com a esposa humana, que o ama muito, muito, muito, "eu sei, mas me faz umas perguntas tão estranhas, tão obviamente absurdas, tão explicitamente surrealistas que eu nunca consigo dar respostas".

Para identificar um de nós, você terá de aprender a decifrar os mais discretos códigos, a escutar os silêncios, a atentar para pequenos detalhes, a observar em vez de agir. Porém, os humanos são biologicamente incapazes de fazer isso. Não está no seu sistema perceptivo. Caso você consiga, é porque, com absoluta certeza, você é um de nós. Bem-vindo à espécie.

A INTELIGÊNCIA ALIENÍGENA

Nós, aliens, demoramos anos para compreender as coisas mais elementares. Só depois de ler Nietzsche é que compreendi que, basicamente, os humanos vivem para conquistar seus pequenos poderes. Antes eu nem mesmo tinha pensado nisso.

O humano, ao contrário, entende tudo. A palavra entender, aliás, não faz sentido nesse caso. Ele apenas vive. É um instinto. Um alien tem de racionalizar coisas do tipo: preciso sair com uma moça porque ando muito sozinho. Já um humano apenas sente isso e, além disso, sabe como fazer com que aconteça.

Somos burros para as coisas mais simples. Deus, por exemplo. Para um humano, acreditar em um deus é algo tão natural quanto respirar. Já os aliens têm mania de exigir provas materiais. Como se houvesse alguma possibilidade racional de concluir qualquer coisa sobre algo desse tipo. Como se fosse realmente interessante pensar nisso.

Também passei anos tentando entender o que era o tal do amor. Desisti. Saudade, também, não está no meu repertório de sensações. Ciúme, idem. Li em algum lugar que os chineses não têm uma palavra para expressar a saudade. Me deu vontade de conhecer a China, deve haver muitos de nós por lá.

Humano que é humano acha tudo normal. Nunca acha estranho esses milhões de bichinhos andando em duas patas, cada um com sua vidinha, reproduzindo-se e criando descendentes conforme ditam seus genes.

Já nós, os aliens, não passamos de deslumbrados. Às vezes inconformados, mas geralmente deslumbrados. Temos grande, imensa dificuldade de entender os hábitos humanos. Mas sentimos uma grande necessidade disso. Nossos melhores momentos são com outros aliens, falando, falando... Tentando desesperadamente entender a vida da espécie hegemônica e chegando a conclusões óbvias do tipo daquelas a que Nietzche e Dawkins chegaram antes de nós.

SOLIDÃO

Geralmente os aliens estão isolados em meio a outros humanos. Raramente se encontram ou formam grupos de amigos. Não há sindicatos de aliens, e nós jamais faremos uma passeata do orgulho alien. Não faria sentido.

Também nunca vi, por exemplo, uma família formada por dois aliens. Acho que não daria certo. Dois aliens juntos falam tanto que acabam se estafando. Apesar da simpatia mútua, de gostar muito uns dos outros, a verdade é que os aliens querem distância entre si. Tudo o que queremos é ficar imersos em meio a dezenas de humanos.

Nunca vi um alien do sexo feminino. Deve ter alguma limitação, sei lá... Numa tentativa de análise desse fato na juventude, formulei a seguinte hipótese: não deve haver compatibilidade entre as características femininas e a função designada aos aliens infiltrados na Terra. Fomos criados para analisar, compilar, pensar. Isso é o oposto de viver, experimentar, curtir. A fêmea humana é mais sensorial, carnal, objetiva. Biologicamente incompatível com a programação criada para nós.

Algumas fêmeas humanas até parecem ser aliens, mas na verdade não são. Essas são as piores, as mais perigosas, as que mais destroem os corações alienígenas. Aprenderam a identificar um novo tipo de "homem" (obviamente pensam que somos homens) carente: os aliens. Seguindo os instintos básicos da espécie humana, que, como já dissemos, está sempre à procura de prestígio, elas se metamorfoseiam e começam a fingir ser aliens, a se comportar como uma alienígena, apenas para que nos apaixonemos por elas. Uma vez seduzidos, suprimos integralmente as cotas diárias de autoestima de que toda mulher precisa. E isso é terrível. Às vezes, elas até chegam a namorar um de nós, mas geralmente um tipo de namoro egocêntrico e quase sem sexo. Na maior parte do tempo, fazemos o papel do amiguinho.

Jovem alien, não caia nessa. Um alien quando fica maduro opta por casar com uma fêmea mais padrão, mais humana, que não liga muito para ele, que o deixa jogado num canto, que enche o saco, mas que tem carinho e simpatia por nossa espécie.

O AMOR ALIENÍGENA

Por fim, vamos falar mais um pouco do amor. Sim, pensando bem, acho que eu já experimentei essa sensação.

Dizem os humanos que não há regras sem exceções. Eu disse anteriormente que não existem aliens do sexo feminino. Mas certa vez conheci uma sobre a qual até hoje tenho dúvidas. Ela parece mesmo uma alien. E, destruindo (ou comprovando) outra regra, ainda é atriz.

Ela deve ser alguma mutação inexplicável, a prova absoluta de que não é possível para um alien habitar um corpo feminino. Explico: todo alien tem uma tensão absurda entre o processador alienígena e a interface humana. O corpo humano não é a interface ideal para o nosso processador, e isso gera tensões. Necessidades sexuais e físicas em geral são incompatíveis com o programa que roda continuamente em nossa mente. Pensar é incompatível com agir, ser concreto é incompatível com o pensamento abstrato e assim por diante. No corpo de uma fêmea humana, isso se acentua. Deve ser por causa da configuração biológica do gênero.

O fato é que a moça era uma fonte de tensão permanente. O viés autodestrutivo que identifiquei em muitos amigos aliens no caso dela era ainda maior. Em alguns momentos era alien e se apaixonava por mim. No instante seguinte, continha os impulsos de seu processador. Obviamente me apaixonei por ela. Uma típica paixão alienígena: amei-a ao ir ao cinema, numa sessão de curtas-metragens, e ficar por horas falando mal, fazendo pequenas piadas sobre aqueles péssimos filmes tipicamente humanos. Depois ainda fomos a um coquetel e fizemos piadas sobre os humanos presentes. Foi a glória. Acho que naquele momento finalmente entendi aquilo que os humanos chamam de amor. Eu nunca tinha visto uma fêmea alienígena, meu coração batia como o de um mico-leão que encontra a "mico-leoa" em meio à imensidão da selva.

Sei que a grande maioria dos aliens nunca teve isso. Mas, acreditem, isso não é algo a ser lamentado.

A CURA

Bem, de tudo o que foi dito dá para concluir o óbvio: não, não é legal ser alien. É triste pacas. Para piorar, os anos vão passando e a grande maioria começa a se revoltar contra a espécie humana, vai se tornando cada vez mais rancorosa. Aí acabam escrevendo livros denunciando a crueldade dos homens. Relatos tolos, como este, aliás, que só outros aliens conseguem ler.

Mas nem tudo é pessimismo nesta vida. Estou começando a desconfiar de que essa coisa tenha CURA. Trata-se de um esforço diário, que exige muita disciplina. Ainda não posso afirmar com certeza, pois estou testando o tratamento, mas começo a desconfiar de que, se o colega alien fizer um exercício diário de inibir o pensamento, de reprimir toda e qualquer reflexão, terá chance de, um dia, tornar-se um humano. Eu já consegui, por exemplo, tirar os óculos e botar lentes de contato. Daqui a pouco pode ser que eu faça até tatuagem. Não sei, pode ser. Aí eu seria quase humano.

Não há testemunhos de aliens que viraram humanos. Mas isso não prova nada. Afinal, a partir do momento em que o indivíduo se tornar um ser humano, jamais se lembrará de que um dia foi um alien.

Por isso, eu ainda acredito que haja uma CURA. Mas tento diariamente inibir o senso crítico e o pensamento e procuro encarar a vida com naturalidade. Espero, por exemplo, nunca mais escrever relatos como este. Espero me tornar humano. Só a história dirá se eu tive sucesso.

Outubro de 2007

CORAÇÃO DE BANDIDO:

UM APÊNDICE

E Paraná dizia a Biscuí:
— É o seguinte: eu vô estar ali na esquina. Caso os homi passá, eu atiro o embrulho pra tráis. Tu vem, cata e segue teu rumo. Se eles percebe, tu diz que o embrulho é teu e não volta atrás no que disse. Certo?

E ele, com a voz infantil e meio rouca, responde:
— Certo.

Esse era o dia-a-dia de Paraná e Biscuí. O primeiro, um traficante. Com seus 21 anos, havia três que saíra do reformatório, onde ficara boa parte de sua vida. O segundo, um garoto de 10 anos, negro, menor abandonado. Sua mãe, alcoólatra, batia-lhe frequentemente. Seu pai, assassino, fora condenado a 18 anos de reclusão. Fazia alguns meses que havia fugido de casa. Esperto, aprendeu logo a se sustentar. Afinal, frequentou uma das melhores escolas: a experiência, no caso confundida com o sofrimento.

Até que um dia conheceu Paraná. O que de início era desconfiança logo se tornou amor. Vinha todo dia, ficava dez minutos; fazia-lhe um carinho, era o bastante. Biscuí o adorava. Logo Paraná pediu a participação do garoto em seus "negócios". Ele atendeu prontamente. Assim, como dizia Paraná, o garoto começou a lhe dar lucro.

Paraná atualmente trabalhava para um grande traficante: Bigó. Tinha uma boa situação financeira, se comparada à que estava ao sair do reformatório. Certo dia, seu "chefe" lhe fez uma proposta. Tinha de entrar na casa de outro grande traficante e pegar as referências sobre seus pontos-de-venda. Trabalho difícil, mas muito bem recompensado. Recebeu a planta da casa e um plano para executar sua missão. Em sucessivas etapas, desligaria os alarmes até chegar dentro da casa pelo único ponto acessível: o telhado. Só que havia um inconveniente: o sótão era tão baixo que mal passava um homem magro.

Teriam de usar Biscuí.

Chegou o dia. De tarde estavam ele e Bigó discutindo os últimos detalhes em sua casa. Biscuí chega antes do previsto e entra sem bater na porta. Para diante da sala e ouve a conversa:

– O garoto entra pelo telhado, desce no corredor do andar de cima e arromba a janela do final do corredor. Até aí só tem o alarme da janela. Jogo a corda e você sobe. Entendido?

Paraná acenou a cabeça positivamente.

– Ah, e tem mais uma coisa – Bigó continuou. Após isso, damos um sumiço no garoto.

–... Certo! – Paraná, após pensar um pouco, concorda.

O garoto leva um choque. Mas por breves instantes. Já vivera bastante com Paraná para aprender a confiar nele. Sabia que ele daria um jeito. Vai pra fora e toca a campainha. Pergunta:

– Qual é o plano pra gente escapar depois?

Paraná, esperto, logo percebe que o garoto ouvira a conversa.

– É simples. Vamos só nós e mais um. A gente rende ele e foge. Já comprei as passagens. Pra Bahia. Gosta?

– Lá tem mar?

– Nossa! Se tem? O melhor do Brasil.

— Oba! Então está ótimo.

O garoto sai, pensando na vida feliz que terá com Paraná. Paraná tranca a porta e volta à sala, dizendo:

— O garoto se ligou na conversa.

— E aí?

— Aí que já caiu na minha. Não falei que ele confia em mim?

— Joia.

— Confia tanto que dá até pena.

Bigó levanta e dá um murro na mesa, exclamando:

— Que pena o quê, cara! Em coração de bandido não há lugar para nobres sentimentos.

Bigó sai e o manda dormir. Paraná se deita e a frase de Bigó não lhe sai da cabeça. "Em coração de bandido não há lugar para nobres sentimentos." "Em coração de bandido..." "Em coração de bandido..."

Chega a hora. Biscuí chega ao telhado. Desce pelo sótão. Corta um fio que foi indicado. Desliga o alarme. Abre a janela. Joga a corda. Os dois homens sobem, preparando-se para arrombar o cofre. Biscuí já está na porta de casa, arrombando-a.

Abrem o cofre. Soa o alarme. Biscuí abre a porta e foge. É seguido logo pelos dois homens. Pulam o muro. Sobem num carro que os esperava, já com motorista. E partem. Logo atrás ouvem-se alguns tiros tentando acertar o carro. Em vão.

Crime perfeito.

No carro, dois homens dão gargalhadas pela missão bem cumprida. Paraná e Biscuí estão em silêncio. Biscuí fica nervoso. Começa a desconfiar. O carro pára. Dois homens rendem Biscuí, que olha apelativamente para Paraná enquanto lhe cai uma lágrima do rosto. Paraná vira a cara. Não queria que vissem uma lágrima escorrendo-lhe na face. Lembra-se de sua vida. Do homem que o explorou da mesma forma que agora estava explorando Biscuí. Mas nem ele foi tão longe. Não adianta, pensava ele. Em coração de bandido não há lugar para nobres sentimentos. Ouve Bigó dizendo injúrias a Biscuí, com um revólver encostado em seu peito. Paraná quase desabou em lágrimas, mas controlou-se, dizendo a si mesmo: "Em coração de bandido não há lugar para nobres sentimentos". "Em coração de bandido não há lugar para nobres sentimentos." "Em coração de bandido não há lugar..."

– Nãããããããããão!

Paraná perde completamente a razão, ou, quem sabe, finalmente a adquire. Corre na direção de Bigó. Havia ainda tempo, pensava ele. Bigó olha-o perplexo. Todos que estavam em volta disparam em Paraná, cessando seu grito, ao mesmo tempo que Bigó dispara em Biscuí.

Os carrascos olham os corpos e viram o rosto para esconder a lágrima que lhes corre na face. Afinal, em coração de bandido não há lugar para nobres sentimentos. Não mesmo?

No rosto de Paraná, uma expressão de desespero, arrependimento. No de Biscuí, um sorriso, pois afinal de contas ele não estava enganado.

Algum mês do ano de 1985

NOTAS SOBRE OS CONTOS:

Como diria Domingos Oliveira, "toda arte é autoajuda". Uma narrativa, por exemplo, é uma espécie de laboratório de experiências/existências, em que cientistas/escritores inventam mundos onde vivemos experiências virtuais que simulam a vida real. Ao vivê-las, aprendemos. Em muitos casos nos corrigimos. Às vezes a literatura funciona como autoajuda também para quem escreve. O impulso da escrita é próximo ao impulso de tentar dar uma ordem ao mundo e/ou compreender outros seres humanos. Para mim, escrever este livro foi um ato terapêutico.

O título *Novos Monstros* foi inspirado num filme de episódios dirigido por cineastas italianos como Mario Monicelli, Dino Risi, Ettore Scola. Tal como o filme, este livro tenta representar personagens grotescos da realidade imediata, bem como organizar os fatos imediatos da realidade em que eu estava imerso ou à qual eu respondia imediatamente. Por serem contos datados e parte de "meu processo", optei também por registrar, ao final dos contos, a data em que foram escritos.

Alguns contos dialogam diretamente com trabalhos que eu realizava na época em que os escrevia. "Eu não vivo disso" e "Eu faria o mesmo, e com mais prazer" foram criados em meio à realização do documentário *Jesus no Mundo Maravilha*, filme sobre a polícia militar brasileira (www.jesusnomundomaravilha.blogspot.com). "Hotel do Saulo" foi escrito a partir de um roteiro de curta que escrevi com Eduardo Benaim, filmado em 2008, que será lançado em 2009. "Limpeza" foi criado em meio à filmagem do documentário *Violência S.A*, que dirigi junto com Eduardo Benaim e Jorge Saad Jafet. Na mesma época, o país se mobilizava em razão do plebiscito do desarmamento. O conto sobre o Second Life foi escrito logo após uma palestra que organizei numa escola em que eu era dono. A palestra lotou, foi um sucesso, mas a achei um tanto surreal para mim. Outros contos e personagens fizeram o caminho contrário e serviram de inspiração para roteiros que escrevi para a televisão. "Eu não vivo disso" e "A hora é agora" inspiraram os episódios 6 e 13 da primeira temporada de *9mm* (Fox), que inclusive, têm os mesmos títulos que os contos.

Mais informações sobre os assuntos tratados nos contos podem ser encontradas no site da FICs (www. ideias cinematicas.com.br).

AGRADECIMENTOS

Gostaria de agradecer a todos que apoiaram esta aventura, amigos que leram estes contos como quem lia mensagens do astral de um sujeito meio perdido. Ajudaram-me não só a escrever como também a não ficar totalmente sozinho no mundão das trevas. Agradeço em especial a Antonio Calmon, Eduardo Benaim, Leandro Saraiva e Mauro Baptista, leitores assíduos que enriqueceram o livro com seus comentários e, principalmente, me motivaram a continuar escrevendo. Muito obrigado também às pessoas que estavam ao meu lado em pesquisas e projetos de filmes e que, mesmo sem ler os contos, ouviam o tempo todo as piadas neles escritas. Principalmente o pessoal da FICs: Paula Bertola, Roberto D'Avila, Rodrigo Faria, Suraia Leinkaitis e Fernanda Rodrigues. E também ao amigo Junior Rosso, matemático que fez a complicada conta de "Eu contra os sem-alma".

Agradeço também ao Governo do Estado de São Paulo, que lançou um edital que fornecia bolsas de incentivo à criação literária. Esse prêmio possibilitou que eu me dedicasse muito mais do que imaginei que seria possível à escrita deste livro. Parabenizo o Governo do Estado pela iniciativa e espero que prêmios como esse se multipliquem e ofereçam cada vez mais condições dignas de trabalho aos escritores brasileiros.

Por fim, um agradecimento especial a meus editores, em especial à Luiz Fernando Emediato e a Alexandre Boide, que manteve o senso crítico necessário para o aperfeiçoamento desses contos.

Sobre a FICs

"O sucesso sempre foi a criação da ousadia."

Voltaire (1694-1778)

A Fábrica de Idéias Cinemáticas (FICs) é uma empresa especializada em criar universos narrativos que possibilitem uma atuação multiplataforma. Desenvolvemos projetos que se tornam séries de televisão, filmes para cinema, conteúdos para internet e publicações em livro.

Os projetos e conteúdos que elaboramos são executados simultaneamente em diversas linguagens artísticas (cinema, teatro, literatura etc.), de tal maneira que as obras específicas de cada mídia dialogam entre si e se fortalecem mutuamente.

Nosso processo de realização focaliza as seguintes etapas: criação de universos, desenvolvimento de histórias e elaboração de estratégias de marketing para distribuição das obras.

Acreditando que o trabalho coletivo pode fortalecer a autoria, a FICs atua na formação de equipes criativas que tenham os talentos adequados para cada empreitada.

Nossos serviços incluem criação de projetos para produtoras de todas as mídias, consultorias e programas de formação.

Acabamos de lançar também um selo editorial. *Novos Monstros* é o quarto livro da FICs, o primeiro é o *Manual de Roteiro* (Editora Conrad), o segundo, *Confissões de Acompanhantes* (FICs) e o terceiro, *O Sorriso da Morte*, romance inspirado no seriado 9mm – São Paulo também criado pela FICs.

FÁBRICA DE IDÉIAS
ficˢ CINEMÁTICAS

Esta obra foi composta por
2 Estúdio Gráfico
em Stempel Schneidler e impresso pela
Prol Gráfica
em novembro de 2009